Mari Hummingbird
Lügen und salzige Küsse

Es ist Romys letzte Chance auf eine Karriere als Schauspielerin. Wie viel Moral wird sie opfern, um ihr Ziel zu erreichen?

Romy fliegt auf die Azoren, um eine Freundin zu besuchen. Doch als sie dort ankommt, fehlt von dieser jede Spur. Stattdessen steht plötzlich ein verdammt gutaussehender Polizist vor der Tür und Romy gilt als Verdächtige.

Aurelio arbeitet bei der Drogenfahndung. Er merkt sofort, wenn ihn jemand anlügt. Bei Romy spürt er, dass sie ein Geheimnis verbirgt und der Grund ihrer Azoren-Reise ein ganz anderer ist.

Leserstimmen

»Aurelio stelle ich mir als eine Mischung aus James Bond und Johnny Depp vor. Voller Geheimnisse, undurchschaubar und sehr attraktiv.« Lea

»Die Azoren sind toll beschrieben, sodass man direkt eintaucht.« Victoria

Mari Hummingbird

Lügen und salzige Küsse

Impressum
© 2023 Mari Hummingbird
Ramona Hammerl
Vogelhartstraße 40
80807 München
ramona.hammerl@gmx.de
+4917622513597

Covergestaltung/ Satz: Ramona Hammerl
unter Verwendung von:
© istockphoto.com – Richard Griffin
© istockphoto.com – YouraPechkin
© istockphoto.com – Jeroen Mikkers
© istockphoto.com – Ledernase
© fontbundles.net – Fonts | Little Twig | The Stanley
© https://fonts.google.com/specimen/Lora
© designbundles.net – „Hand drawn floral ornament"

1. Auflage 2023

Herstellung und Verlag:
Printausgabe/ Taschenbuch: BoD – Books on Demand, Norderstedt

ISBN: 9783734715563

Dieses Werk ist urheberrechtlich geschützt. Jede Verwendung, die nicht ausdrücklich vom Urheberrecht zugelassen ist, bedarf der vorherigen schriftlichen Zustimmung der Autorin.

Bibliografische Information der Deutschen Nationalbibliothek: Die Deutsche Nationalbibliothek verzeichnet diese Publikation in der Deutschen Nationalbibliografie; detaillierte bibliografische Daten sind im Internet über dnb.dnb.de abrufbar.

Erfahre mehr über die Autorin:
www.marihummingbird.de

Vorwort

»Reisen ist immer eine gute Entscheidung.«

Hi! Ich bin Mari.

Ich schreibe Liebesromane mit Reisefeeling. Da ich selbst ständig Fernweh habe, liebe ich Bücher und Filme, die vom Reisen handeln. Auch die großen Gefühle und einzigartige Figuren dürfen nicht zu kurz kommen. Deshalb schreibe ich in diesem Genre. Meine Inspiration sind dabei meine Reisen nach Südamerika, Südostasien oder Afrika. Oder wie für diesen Kurzroman – die Azoren!

Ich möchte dich nun auf diese wundervolle Inselgruppe mitten im wilden Atlantik entführen. Die Schauplätze sind echt und können genauso bereist werden. Die Figuren im Roman sind alle frei erfunden und die Handlung ist von mir ausgedacht.

*Vorab noch eine Bitte: Wenn dir die Geschichte gefallen hat, hinterlasse mir doch eine **Rezension** auf amazon.de oder lovelybooks.de.*

Damit hilfst du mir, mehr Bücher dieser Art zu schreiben.

*Hole dir meine **GRATIS-Geschichte** auf meiner Homepage: **www.marihummingbird.de**. Erfahre alle Neuigkeiten zu meinen Romanen und lerne mich besser kennen.*

Jetzt wünsche ich dir viel Spaß beim Lesen!

Deine Mari Hummingbird

Kapitel 1

Ankunft auf São Miguel
Noch sechs Tage

»Hallo Azoren«, murmelte ich. Die Automatiktüren des Flughafens schoben sich zur Seite und feuchte Luft traf auf mein Gesicht. Ich schritt auf den Vorplatz hinaus und schaute mich um. Die Sonne schien, dennoch war es für Juli recht kalt.

Wo steckt sie nur?

Amelie war nirgends zu sehen.

Wie bestellt und nicht abgeholt stand ich da und knetete meinen verspannten Nacken. Ein ziehender Schmerz zuckte zwischen den Schulterblättern, hinunter bis zu den Lendenwirbeln. Ich wählte ihre Nummer auf dem Handy. Das Besetzt-Zeichen tutete in mein Ohr. Ich versuchte es wieder und wieder.

Was mache ich jetzt?

Kurzerhand lief ich zum Schalter einer Mietwagenfirma. »Ein Auto, bitte«, sagte ich auf Englisch zur Dame mit Haaren so schwarz wie Tinte. Die gleiche Haarfarbe wie meine eigene.

»Das billigste«, fügte ich schnell hinzu.

»Kein Problem«, erwiderte die Angestellte. »Ihren Namen und die Papiere bräuchte ich.«

»Romy Nowak.« Ich legte ihr meinen Perso und Führerschein auf den Tresen.

Die Freiheit, die so ein Gefährt mit sich brachte, war sowieso verlockend. Auch wenn Amelie gesagt hatte, ich bräuchte keines, ich könnte immer ihr Auto nehmen. Jetzt sah ich ja, wie abhängig es einen machte.

Ich steuerte den Fiat 500 über die kurvigen Straßen von São Miguel. Zum Glück kannte ich Amelies Adresse.

»Sieht ja nicht schlecht aus«, kommentierte ich die vorbeiziehende Landschaft. »Das ist also deine neue Wahlheimat.« Auch wenn ich mich wunderte, dass sie so abgeschieden vernünftige Jobs an Land ziehen konnte.

Die Region war hügelig, als läge der Grasteppich über einer Ansammlung verschieden großer Luftballons. Hortensien sausten an mir vorbei. Die riesigen Blüten der Sträucher in violett, rosa und hellblau verliehen der sonst so grünen Insel einen Extraklecks Pastell. So eine Farbenpracht hatte ich noch nie in der freien Natur gesehen, den Botanischen Garten in München ausgenommen. Die Straße war feucht, als läge der letzte Regenschauer erst wenige Minuten zurück. In der Ferne erspähte ich einen Regenbogen, der rasch wieder verschwand.

Ich ließ die Fensterscheiben herunter und sog die frische Luft der Azoren ein.

Geschmeidig nahm ich eine Kurve nach der anderen und die Frauenstimme aus dem Navi murmelte meditativ vor sich hin. Meine mich seit Wochen verfolgenden Zweifel kehrten zurück.

In sechs Tagen habe ich Geburtstag.

Ich drückte das Lenkrad fest, bis meine Hände schmerzhaft pochten. Das war die Deadline. Ansonsten konnte ich meinen Job an den Nagel hängen. Alles hing von Amelie ab.

Furnas ist eine kleine Ortschaft im Osten der Insel. Sie ist bekannt für ihre heißen, vulkanischen Quellen. Das Foto vom Thermalbad war sogar auf dem Flyer der Fluggesellschaft zu sehen. Hier in der Nähe wohnte Amelie. Ich bog auf einen engen Schotterweg ab.

»Das kann doch nicht stimmen«, schimpfte ich vor mich hin. »Sie haben Ihr Ziel erreicht«, erwiderte mein Navi besserwisserisch. Ich parkte den Wagen vor einem niedrigen Häuschen, das einem Bungalow glich.

»Wow. Nicht übel.«

Meine Freundin lebte also im permanenten Urlaubsparadies. Schön für sie.

»Aber der Hund liegt hier schon begraben.«

Ich stieg aus, ließ meinen Koffer auf dem Rücksitz liegen und sah mich auf halben Weg zum Haus um. Abgebrochene Zweige lagen auf dem Pflaster, Zeugen des Orkans, der meine Ankunft beinahe verhindert hätte. Recht einsam schien es mir hier, kaum Nachbarschaft, die Häuschen in der Umgebung konnte ich an einer Hand abzählen und nur zwei lagen in Rufweite. Bis auf das Zwitschern einiger Vögel war hier alles still. Die Sonne strahlte mir ins Gesicht, aber auch jetzt war es nicht heiß, eher schwül. Die Erde schien Dunst auszuatmen. Ein bisschen erinnerte mich das Klima an einen dampfenden Kochtopf, nur eben kühler. Total eigenartig.

Ich klingelte und wartete vor der Haustür aus Naturholz. Alles sah gemütlich, einladend und eine Nummer zu klein aus. »Amelie, bist du da?«, rief ich und klopfte mit der Hand gegen das Holz. Ich hielt die Luft an und presste meine Lippen fest aufeinander. Hier war ich also, menschenseelenallein, nicht abgeholt und vergessen. Zischend blies ich die Luft durch meine Zahnzwischenräume. Ich wich ein paar Schritte zurück.

Was für eine Scheiße.

Die Azoren hätte ich nie als Urlaubsland gewählt. Ohne Amelie, die Auswanderin, hätte ich noch nicht einmal gewusst, dass die Inselchen existierten. Ich holte mir in Erinnerung, dass ich nicht zum Vergnügen, geschweige denn wegen eines Urlaubs hier war. Auch wenn Amelie davon ausging. Ich seufzte. Und auch wenn ich eine Auszeit verdammt nötig hätte.

»Du möchtest mich besuchen kommen?«, hörte ich ihre Stimme noch in meinem Kopf. »Das ist ja eine tolle Idee. Mich kommen so wenige Freundinnen besuchen. Allen ist es zu weit und zu abgelegen. Dabei ist es so entspannt hier bei mir.«

Ich war also noch eine Freundin. Erleichtert hatte ich am Telefon aufgeatmet. Sie nahm es mir somit nicht übel, dass ich mich so distanziert hatte. Auf der anderen Seite hatte sie genügend Anlass geliefert, dass unsere Freundschaft abgekühlt war.

Eine kühle Brise huschte über meine Arme. Wolken zogen auf. Ich lief um das freistehende Haus herum. Hortensien blühten in lila und blau. Der Garten leuchtete förmlich in allen Grüntönen, selbst jetzt, wo der Himmel mit grauen Wolken zuzog.

Ich stand auf der Terrasse, ein paar Glasflaschen lagen herum und es sah unaufgeräumt aus.

»Komisch«, flüsterte ich. »Das passt gar nicht zu dir.« Ebenso wenig, wie dass sie mich vergessen hatte.

Ich ging zur gläsernen Terrassentür, klopfte dagegen und rief erneut. »Hey, bist du da?« Ein Vorhang versperrte mir die Sicht. »Sieht nicht danach aus. Shit.«

Ich lief ein paar Schritte durch den schlichten Garten. Es gab keinen Zaun, nur Hortensienbüsche zur Abgrenzung zum Feld dahinter. Ich schaute über lieblich aussehende Hügel, doch unter der Erde schlummerte etwas, ich konnte es sehen, sogar riechen. An drei Stellen sah ich Dampf aufsteigen. Der Wind blies ihn davon, doch in meiner Nase hing der Geruch von verfaulten Eiern. São Miguel war eine Vulkaninsel, ganz ohne Zweifel. Und hier in der Nähe von Furnas, war die Erde besonders heiß.

Egal wie interessant das alles war, ich hatte ein Problem. Oder auch gleich mehrere. Wo war Amelie? Falls sie nur Einkaufen war und die Zeit vergessen hatte, musste sie ja bald auftauchen.

Ich setzte mich in einen der Liegestühle und zog mein Handy heraus. Zum neunten Mal wählte ich ihre Nummer, das verriet mir die Anzeige. »Heb doch ab.« Nichts. Ich stieß mehrere Flüche aus. »Scheiße«, war davon der harmloseste. Ich lehnte mich zurück und legte die Beine hoch. Mein Kopf wog so schwer. Die Strapazen des Fluges nagten an mir. Meine Augen wurden müde. Ich konnte diese Freunde gut verstehen. Es war gar nicht so unkompliziert gewesen, hierher zu kommen, nicht nur wegen des Sturms. Diese Inseln lagen total abgelegen, und die Verbindungen waren schlecht. Ich dachte an den Zwischenstopp in Lissabon, an meine über Stunden eingequetschten Beine im Flieger, dann fielen mir die Augen zu.

Nieselregen wehte in mein Gesicht. Orientierungslos richtete ich mich auf und umschlang zitternd die Knie. Die Jeans klebte klamm auf der Haut. Ich stand auf, dann fiel mir wieder ein, wo ich war.

»Amelie?«

Aus Nieselregen wurde Starkregen. Das einzige Geräusch weit und breit war das Prasseln auf den Pflastersteinen der Terrasse. Ich war hier noch immer menschenseelenallein. Bis auf ein paar Schafe, die auf der Weide gegenüber grasten. Über ihnen hingen graue Wolken. Die dampfenden Säulen lagen außer Sichtweite, in Nebel verhüllt. Das war es wohl mit dem Sonnenschein.

Ich eilte zum Vordereingang und drängte mich an die Haustür, um zumindest etwas Schutz vor der Nässe zu finden.

Was für ein Dreckswetter!

Ein Blick auf die Uhr verriet, dass ich zwei Stunden geschlafen hatte. In der Kälte! O Mann! Ich hämmerte gegen ihre Eingangstür, auch wenn ich wusste, dass es nichts brachte.

»Amelie, warum vergisst du mich hier einfach?« Ich hielt inne. »Du hast doch bestimmt einen Schlüssel versteckt.«

Am Boden verteilt standen bunte Blumentöpfe. Eilig hob ich einen nach dem anderen hoch und wurde beim Fünften fündig. »Glück gehabt.« Ich zog den Schlüssel hervor und schüttelte den Kopf. »Du machst es Einbrechern aber leicht.«

Regentropfen liefen über mein Gesicht und kitzelten meine Nase. Ich hielt inne. Durfte ich einfach so eintreten? Ich war zwar gut durchgefeuchtet, aber galt das als Notfall? Auf der anderen Seite hatte sie mich eingeladen, bei ihr zu wohnen, und ich hatte auch sonst keine Unterkunft für heute Nacht.

Ich steckte den Schlüssel ins Schloss, mit einem Klacken ging die Tür auf.

Drinnen war es dunkel. Die Luft müffelte nach alten Socken und Alkohol. Wie ein Hund schüttelte ich mir die Tropfen aus den Haaren. Ich fand den Lichtschalter nicht. Im Dämmerlicht stolperte ich durch das Haus, stieß dabei eine Flasche an, die über den Boden kullerte. Meine Sohlen klebten mit jedem Schritt an den Fliesen. Das alles hier war höchst seltsam. Mit ausgestreckten Armen schlich ich durch die Wohnung. Endlich erreichte ich den Vorhang der Terrassentür, der mir zuvor den Blick versperrt hatte. Ich zog ihn auf und Licht flutete den Raum. Ich blinzelte und schob sogleich auch die Tür auf. Feuchte, kühle Luft strömte herein, ich atmete tief ein. »Amelie?«, rief ich vorsichtshalber nochmal. »Ich bin jetzt da«, sagte ich leise, den Rest verschluckte ich, denn das Schlachtfeld, das sich mir hier bot, raubte mir jedes weitere Wort.

Dreckige Wäsche auf dem Designersofa. Eine Flaschensammlung auf der Kücheninsel, ein umgeschmissenes Stativ. Dabei passte Amelie doch immer so gut auf ihre Utensilien auf.

Meine Nackenhaare sträubten sich. War hier eingebrochen worden? Sollte ich die Polizei rufen?

Ich atmete mehrfach tief ein und aus, ließ die Umgebung auf mich wirken. Nein. Es sah einfach nur unordentlich aus. Nicht mutwillig zerstört, sondern eher wie nach einer Abiturientenabschlussfeier. Dann entdeckte ich den merkwürdigsten Gegenstand im Raum. Auf einem Beistelltisch neben dem Sofa stand eine Pflanze, die einzige im Zimmer, ein Gewächs, das ich zuvor noch nie in echt gesehen hatte. Nur das getrocknete Endprodukt war mir bekannt. Ich ging hin, strich mit der Hand über die sternförmigen Blätter, die schlapp herabhingen, aber genauso aussahen wie im Fernsehen.

»Seit wann stehst denn du auf Cannabis, Amelie?«

Ich biss mir auf die Lippe. Ein Moralapostel war ich sicher nicht. Auch gegen das Kiffen hatte ich keine Einwände. Sollten sich die Leute wegdröhnen, mir doch egal. Aber zu Amelie – zu der Amelie, die ich kannte – passte das nicht.

»Du siehst aber gar nicht gesund aus.« Ich streichelte über die Blätter. »Hast du die ganze Zeit im Dunkeln und ohne Wasser hier gestanden?«

Eine Gießkanne fand ich in diesem Chaos nicht. Also holte ich ein Glas Wasser aus der Küche und schenkte der Pflanze einen kräftigen Schluck. »Du wirst schon wieder.«

Ich schaute mich abermals um und versuchte, mir einen Reim aus alledem zu machen. Mir war, als stünde ich an einem Drehort. Der Typ, zuständig für Set und Requisiten, hatte es übertrieben.

Da stand ihr Schreibtisch. Er war nicht nur mini, sondern minimalistisch. Amelie war definitiv nicht da. Aber vielleicht konnte ich mir ja selbst helfen. Ich knirschte mit den Zähnen, trat von einem Fuß auf den anderen. Sie musste es ja nicht herausfinden. Ich gab mir einen Ruck. Vorsichtig klappte ich ihren Laptop auf.

Passwort, stand da. Ich tippte ihr Geburtsdatum ein. Falsch. Der Name ihrer ersten Liebe. Falsch. Der Name ihrer verstorbenen Mutter. Falsch.

»Fuck!« Anscheinend war sie bei ihrem PC nicht so nachlässig wie mit ihrem Haustürschlüssel.

Ich zog ein paar Büchlein aus der Schublade unter dem Schreibtisch und blätterte sie grob durch.

Ein Knacken.

Ich fuhr herum. Mein Puls trommelte wie wild. Ich scannte jede Ecke des Raums. Niemand da.

»Beruhige dich«, murmelte ich mir selbst zu. Ich konzentrierte mich wieder auf die Notizbücher, stellte aber schnell fest: Was ich suchte, war nicht da. Dafür allerhand Notizen zu Video-Drehs, Drehorten und irgendwelche Ideen.

Ich überflog einige Stichpunkte:

- Naturdoku Azoren, aber witzig
- Corvo geeignet
- Stand-up-Comedy-Show?
- Lustige Szenen an verschiedenen Azoren-Spots, echte Leute

Amelie war ja schon immer ein Spaßvogel gewesen. Einer der merkwürdigen Art. Nicht jeder fand ihre Streiche witzig. Vor allem nicht, wenn man selbst im Fokus stand. Ein bitteres Lachen entfuhr mir. Über dem Schreibtisch entdeckte ich eine Trophäe im Regal. »Prank-Queen«, las ich auf dem Award, der wie ein Oscar aussah. Ein Imitat, das mich an ihre Aktion erinnerte, die sie mit mir abgezogen hatte. Mein damaliger Freund hätte sich daraufhin beinahe von mir getrennt. So ein Idiot. Ich war zum Gespött der Schule geworden. Er ertrug das offensichtlich weniger gut, als ich. Sie hatte mich in der Schülerzeitung zur hässlichsten Möchtegern-Schauspielerin nominiert. Die Leute wählten mich. Ein Bild von mir im Schultheater, mit Pickel auf der Nase und peinlichem Vogelkostüm, hatte es auf die Titelseite geschafft. Im Heft folgte ein ausführlicher Artikel, warum ich es als Schauspielerin nie weit bringen würde. Um die Aktion abzurunden, drückte mir Amelie die Zeitung in die Hand und filmte meine Reaktion darauf. Ich flippte aus und schrie sie an. Das landete auf YouTube. Ich war so sauer auf sie. Aber nicht halb so angepisst, wie mein damaliger Freund. Drei Wochen danach trennte er sich unter fadenscheinigen Begründungen. War wahrscheinlich besser so gewesen. Das Gelächter auf den Gängen hatte in den folgenden Wochen nachgelassen, Amelie hatte ein neues Opfer gefunden.

Ich stützte mich am Schreibtisch ab. Amelie war sonst nicht so gemein zu mir gewesen. Ich konnte mir immer noch nicht erklären, warum sie das getan hatte. Wir waren damals sehr gute Freundinnen. Zumindest bis zu diesem Moment.

Zurück zu meiner eigentlichen Aufgabe hier. Wo war dieses Ding? Ich ballte die Fäuste. Hier klappte auch gar nichts. Mein Shirt klebte unangenehm auf meiner Haut. Ich packte die Notizbücher und pfefferte alles auf den Boden. Die verstreuten Notizhefte fielen in der Unordnung kaum auf. Mir war zum

Schreien. Ich stützte mich mit beiden Armen am Schreibtisch ab.

Was mache ich jetzt?

Ein pinker Haftzettel fiel mir ins Auge. Er war direkt vor meine Füße geschwebt, leuchtete mich an, das Datum von vor einer Woche stand darauf. Ich hob ihn auf.

Sete Cidades – größter Dreh. Nach weiterer Inspiration suchen. Gemeinsam erkunden.

»Was ist Sete Cidades?« Falls es ein Ort war, vielleicht war sie noch dort. Warum auch immer.

Es klingelte an der Tür.

Ich hielt die Luft an, schaute in Richtung Eingang. »Scheiße.« Sollte ich öffnen? War es Amelie? Die würde ja nicht an der eigenen Haustür klingeln. Meine Gedanken überschlugen sich, bis ich den Kopf schüttelte.

Bestimmt ist es nur der Postbote.

Die Türklingel schrillte ein weiteres Mal, jetzt länger. Ich schaute auf den Laptop, wo immer noch die Aufschrift prangte: »Die PIN ist falsch. Versuchen Sie es erneut.« Hastig klappte ich den Deckel zu. Die Notizen ließ ich liegen. Ich lief zur Tür und zog an der Klinke. Mir stockte der Atem, als ich kapierte, wer vor mir stand.

»Olá Senhora Rosner. Departamento de Investigação Criminal de Ponta Delgada.« Ein grimmig aussehender Mann mit dunklen, leicht gelockten Haaren stand vor mir. Er hielt mir seinen Ausweis unter die Nase. Aurelio Souca, las ich da.

Ich sah ihn fragend an. »Wie bitte? Ich spreche kein Portugiesisch.«

Er runzelte die Stirn. »Frau Rosner, Sie leben doch schon einige Jahre hier auf den Azoren, da nehme ich doch an, Ihr Portugiesisch sei perfekt.«

Dieser Polizist in Zivil, leger in Jeans und Hemd gekleidet, sprach Deutsch. Hinter ihm stand ein uniformierter Polizist, und in der Hofeinfahrt parkte das Polizeiauto mit grell blinkendem Blaulicht.

Jetzt fiel es mir wie Schuppen von den Augen. »Ahhh!«, stieß ich hervor. Meine Schultern blieben jedoch angespannt. »Amelie erlaubt sich einen Scherz mit mir!«

Sie veranstaltete hier eine Art Comedy-Show zwei punkt null. Sie tat das gleiche wie früher, verarschte ahnungslose Menschen, und jetzt war ich erneut ihr Opfer. Das musste es sein! Zugang zu Requisiten und Schauspielern hatte sie genügend. »Wo sind die Kameras versteckt?«

Ich musterte die muskulösen Schultern und Arme von Aurelio Souca.

Keine schlechte Wahl, Amelie.

Die Rolle des Kriminalbeamten war ihm wie auf den Leib geschneidert. Seine Hand baumelte lässig an der Seite, die andere verschwand dort, wo sie im Film nach der Waffe griffen. Ganz wie ein Cop in einem Hollywoodstreifen. Diese verwegenen Typen fand ich schon immer sexy.

Er blickte grimmig drein. Das Schauspiel würde also noch weitergehen. Gut so. Dieses Spielchen konnte sogar Spaß machen. Wenn Amelie dachte, ich würde mich verunsichern lassen wie damals, dann hatte sie sich geschnitten. Sie wollte eine Show? Kein Problem. Dieses Mal würde ich den Spieß umdrehen. Zum Star von Amelies neuer Comedy-Serie werden, anstatt das peinlich berührte Opfer, oder was auch immer sie hier veranstaltete.

Ich räusperte mich. »Ich bin nicht Frau Rosner«, sagte ich und lächelte ihn an. »Ich bin …«

Er unterbrach mich. »Lassen Sie uns rein. Wir haben einen Durchsuchungsbefehl.«

Er hielt mir ein Blatt unter die Nase, alles auf Portugiesisch, der Stempel sah offiziell aus.

Wow. Da habt ihr euch ja richtig Mühe gegeben.

»Uns liegen Anhaltspunkte vor, dass dies ein Drogenumschlagplatz ist. Ihre Personalien nehme ich gleich auf, zuerst wird mein Kollege die Beweise sichern.«

Ich lachte laut los, riss mich aber schnell wieder am Riemen. »Ein Drogenumschlagplatz?« Die Pflanze im Wohnzimmer fiel mir ein. Ich unterdrückte den nächsten Lachanfall. »Nein Officer. Ich versichere Ihnen, hier finden Sie keine Drogenhölle.« Ich zwinkerte ihm zu und hob meine Stimme gekünstelt. »Hier muss ein schreckliches Missverständnis vorliegen.«

Ich deutete auf mein Mietauto in der Einfahrt und tat ganz unschuldig. »Ich bin nur zu Besuch hier.«

Der Typ schaute mich mit einer Mischung zwischen düster und genervt an. Ein toller Schauspieler. Ich kaufte ihm beinahe ab, wie ernst es ihm war. Schade, dass ich mich nicht besser zusammenreißen konnte.

»Schluss jetzt. Sie kommen mit uns. Gehen Sie mal zur Seite.«

Ich dachte nicht daran, das Feld so schnell zu räumen. So leicht würde ich es Amelie und ihm nicht machen.

Da fiel mir etwas anderes ein. Der Laptop. Die Notizen.

Oh Shit.

Sobald alle im Haus waren, würden sie mich als Schnüfflerin enttarnen. Das lustige Spiel wäre ganz schnell vorbei. Ein Grund mehr, die Schauspieler an der Tür hinzuhalten. Ich musste Zeit gewinnen. Mich zusammenreißen. Oder waren sogar drinnen versteckte Kameras installiert? Ich atmete tief durch.

Er sah mich stirnrunzelnd an.

Für eine Millisekunde fragte ich mich: Was, wenn das alles hier doch wahr ist? Richtige Polizei, ein echter Durchsuchungsbefehl? Total unrealistisch.

»Nein,« sagte ich mit viel Nachdruck und reckte mein Kinn. »Drinnen ist es sehr unaufgeräumt. Sie dürfen mich allerdings gerne zu einem Kaffee einladen.«

Er furchte die Stirn. »Senhora, das hier ist kein Scherz.«

Ich sah ihm in die Augen.

Und wie es einer war.

Ich schob die Hüfte zur Seite, wissend, welche Wirkung tolle Kurven auf Männer haben. Und auf die Kameras. »Vielleicht kann ich Ihnen einen anderen Deal anbieten?«

Seine Reaktion kam überraschend. Er winkte seinen Dorfpolizisten herbei, der sich augenblicklich an ihm vorbeischob.

Ich quietschte. »O Nein!« Und sprang einen Satz zurück. War das jetzt der Höhepunkt im Stück? Improvisationstheater war nicht mein Ding. Blitzschnell ging ich meine nächsten Schritte durch:

Diese Typen draußen halten.

Spuren verwischen.

So tun, als wäre ich überrascht.

Ich schob die Tür mit aller Kraft zu.

»Das bringt doch nichts!«, tönte der Polizist von draußen.

»Das werden wir sehen …« Die Tür stoppte abrupt, der Polizist hatte einen Fuß in der Tür. »Verdammt.« Ich starrte einen Moment auf seinen Schuh, im nächsten knallte mir die Tür entgegen. Ich flog einen Meter nach hinten, mit dem Rücken gegen die Wand. Der Typ sprang herein, etwas Metallisches klackerte, dann blitzten schon die Handschellen vor meinem Gesicht auf. Der Uniformierte lief an mir vorbei ins Haus.

Ich starrte ihn mit offenem Mund an. Bevor ich überlegen oder etwas sagen konnte, packte mich Souca an den Oberarmen, riss mich herum, meine Beine verloren den Halt und schon lag ich bäuchlings auf dem Boden.

Ich schrie vor Schreck laut auf.

»Sie sind verhaftet. Es wäre besser für Sie, Sie würden sich nicht mehr wehren.«

Ich rührte mich nicht. Hätte ich auch nicht gekonnt, selbst wenn ich mich hätte wehren wollen.

»Das ist schon komisch«, sagte er und stemmte sein Knie in meinen Rücken, dicht unter meinen Handgelenken, die er fest umklammert hielt.

Meine Wange klebte am Boden. Ich ächzte unter seinem Gewicht.

»Wenn Sie nicht Frau Rosner oder eine Komplizin sind, warum verhalten Sie sich dann so verdächtig? Sie hätten kooperieren können.«

»Ich dachte, das wäre Versteckte Kamera! Ein Witz!« In meinem Kopf brach Chaos los. Wenn das hier kein scheiß Scherz war, was zum Teufel war es dann? Das konnte doch alles nicht wahr sein.

Er hielt meine Arme fest umklammert. Der Schmerz war überwältigend, und ich biss die Zähne aufeinander.

Dass in der Zwischenzeit der uniformierte Polizist zurückkehrte, bekam ich nur am Rande mit. Souca und er tauschten ein paar Worte, die ich nicht verstand. Es klickte zwei Mal. Kaltes Metall umschlang meine Handgelenke. Dann ließ er locker und ich atmete durch. Tränen rannen über meine Wangen, ob ich es wollte, oder nicht.

»Mein Kollege ist schon fündig geworden, na sieh mal einer an.«

Was den Ausblick betraf, gab es wenig zu meckern. Ich schaute auf den Hafen von Ponta Delgada, das Meer schimmerte orange in der Abendsonne und die Masten der Segelboote warfen immer länger werdende Schatten. Ein Panoramablick aus einem Verhörraum. Hier wirkte nichts wie aus einem Film.

Ich fluchte leise vor mich hin. »Fuck. Fuck. Fuck.« Meine Hände lagen in Handschellen auf dem Tisch. Das alles war ein Erlebnis der anderen Art. Eins, das ich in einem Krimi recht ansprechend gefunden hätte. Die Böse zu spielen. Sicher eine Rolle, die mir bestens stehen würde. Aber so?

Meine Finger krallten sich ineinander, wie zum Gebet gefaltet, jedoch quetschte ich die Hände so fest zusammen, dass die Finger weiß anliefen.

Und ich wartete. Dieses Missverständnis musste endlich aufgeklärt werden.

Ich hörte Schritte. Eine Tür hinter mir öffnete sich.

»So, Frau Rosner, oder wer auch immer Sie sind …«

Ich schob die Hände unter den Tisch, damit er nicht sehen konnte, wie nervös ich war.

»… dann wollen wir den Spaß mal aufklären.«

Souca erschien in meinem Blickfeld, lachte zwei

Mal wie eine hustende Bulldogge und setzte sich mitsamt Aktenstapel auf den freien Stuhl am Tisch, mir gegenüber.

»Hören Sie«, begann ich. »Es tut mir leid, ich dachte eben wirklich, das wäre alles ein inszenierter Spaß von Amelie.«

Er saß breitbeinig da, musterte mich eingehend, ließ sich Zeit. »Wie kommen Sie darauf?« Den Aktenstapel legte er vor sich und klappte die oberste Seite auf. Ohne mich anzusehen fuhr er fort. »Wir haben Ihnen unsere Ausweise gezeigt.«

»Amelie arbeitet beim Film, es gibt Requisisteure, Schauspieler. Ich dachte einfach, sie nimmt mich auf den Arm. Das ist ihr Ding. Sie hat mich nicht vom Flughafen abgeholt, und ich dachte, jetzt klärt sich, warum. Weil sie mich verarschen wollte.«

Er furchte die Stirn. »Fühlen sich diese Handschellen irgendwie unecht an?«

Mein Herz schlug schneller. Eine rasende Hitze stieg in mir auf, und am liebsten wäre ich aufgesprungen und hätte ihm das Gesicht zerkratzt. Nicht nur weil er mich bloßgestellt hatte, niedergedrückt, gefesselt, mir die Kontrolle nahm. Dieser attraktive Mistkerl spielte mit dem Feuer.

»Nein«, sagte ich und biss die Zähne aufeinander. Ich musste mich zusammenreißen.

»Und Sie meinen kriminelle Drogengeschäfte wären eine Bagatelle?«

»Nein.«

Mach jetzt keine Dummheiten. Am Ende hängt er mir was an.

Ich fuhr fort. »Ich glaube, ich bin hier im falschen Film. Ich habe nichts mit Drogen zu tun! Und auch bei Frau Rosner kann ich es mir nicht vorstellen. Sie ist keine Kriminelle.«

»Wo ist der Rest?«

»Der Rest von was?«

»Wir haben Hinweise erhalten.« Seine Mine verfinsterte sich.

Bestimmt war das seine Verhörtaktik. Eine viel zu dicke Akte. Einschüchterung. Wann kommt der gute Bulle?

»Keine Ahnung wovon Sie reden.« Ich biss mir auf die Unterlippe. Scheiße, seine Taktik wirkte. Die Angst kämpfte mit meiner Wut und bekam die Oberhand. »Ich weiß wirklich nicht, was Sie meinen.« Meine Stimme klang dünn und zerbrechlich.

Er grinste.

Jetzt hatte er mich.

Oder vielleicht auch nicht. Obwohl, wenn meine Geheimwaffe vorhin versagt hatte. Was sprach dagegen, sie erneut zu testen? Genau, nichts. Sie hatte mich schon oft aus verzwickten Situationen gerettet. Sie war keine Pistole, die versehentlich losging, eher ein präzises Scharfschützengewehr, für das ich jahrelang trainiert habe.

Ich warf den Kopf zurück und meine dunklen Haare glitten über die Schulter wie Seide. Ich betete, dass er das Rosenparfüm riechen würde und nicht meinen Angstschweiß. Den Blick gekonnt verführerisch, wie tausendmal vor dem Spiegel und zweitausendmal am lebenden Objekt geübt.

Seine Augen huschten kurz zu meinem Decolté.

Ja! Sehr gut! Gleich ist es soweit.

Langsam und mit vorgestrecktem Kinn biss ich auf meine Unterlippe, hob die Hände und hielt sie ihm hin. Die Opferrolle beherrschte ich gut. Probieren wir die doch mal.

Seine Augen huschten zu den Handschellen, zurück zu mir, und seine Augenbraue zuckte.

Hab ich dich.

»Können Sie mich befreien?«, fuhr ich fort und legte den Kopf schief. Das Geräusch von aneinanderschlagendem Metall erfüllte den Raum. »Meine Handgelenke ...« schmerzten nicht, aber das konnte er ja nicht wissen.

Er schien kurz zu überlegen. »Tut mir leid ...«

»Aber ich tue doch niemanden was. Ich bin doch keine Gefahr für jemanden wie Sie.« Die letzten drei Worte betonte ich extra lang. »Es würde unsere Unterhaltung um einiges angenehmer machen. Und anschließend würde ich gerne gehen, denn ich habe absolut nichts mit alldem zu tun. Versprochen.«

Seine Mine verfinsterte sich wieder.

Mist!

»Tut mir leid«, wiederholte er, es klang absolut nicht danach, er hob sein Kinn und schaute mich emotionslos an. »Wir sind hier noch nicht fertig, und die Handschellen bleiben dran. Sie kommen mir wie eine Schauspielerin vor.«

Ich seufzte. »Das liegt daran, dass ich eine bin.« Ohne zu überlegen, fügte ich hinzu. »Und anscheinend eine ganz miserable.« Ich biss mir auf die Zunge.

»Frau Rosner ist meinen Unterlagen zufolge Regisseurin.«

»Das habe ich ja schon erwähnt, ja.« Meine Stimme klang bissig. Ich musste die Strategie ändern. Wenn das sexy Opfer nicht wirkte, vielleicht zog die Version der verführerischen Rebellin? Lag mir sowieso mehr, und die Wut im Bauch half mir dabei.

»Also unter anderen Umständen würde mich dieses Fesselspiel durchaus anmachen.« Ich leckte demonstrativ über meine Unterlippe, als wollte ich Eiscreme davon ablecken. »Wir wissen doch beide, dass Sie hier ein Spielchen spielen, weil Sie nichts in der Hand haben gegen mich.«

Ich bemühte mich, eine lässige Miene aufzusetzen, aber meine Finger zitterten unter dem Tisch. In meinem Gesicht jedoch zuckte kein noch so kleiner Muskel, und meine Stimme war klar. Ich stellte mir vor, ich stünde auf einer Bühne, Achtung, Kamera, Action. »Was Sie hier mit mir veranstalten, ist eine bodenlose Frechheit. Meine Anwälte werden Sie fertig machen und eine Klage wegen Körperverletzung wird es auch hageln. Da können Sie sich schon mal warm anziehen.«

Er sah mich an, als wäre ich geistesgestört.

Es klopfte an der Tür, ich schrak kurz zusammen, riss mich aber schnell am Riemen. Der Dorfbulle kam herein, reichte Souca eine Mappe und tauschte Informationen mit ihm aus, ohne mich anzusehen. Souca nickte, der Polizist verließ den Raum und mein Verhörer wandte sich wieder mir zu. Er öffnete langsam den Umschlag, legte meinen Ausweis auf den Tisch und begann vorzulesen. »Sie sind Romy Nowak, fünfundzwanzig Jahre alt, ...«

»Vierundzwanzig.«

Er sah vom Blatt hoch und runzelte die Stirn.

»In ein paar Tagen werde ich fünfundzwanzig. Da bin ich penibel.«

Er hob eine Augenbraue und senkte den Kopf. »... fast fünfundzwanzig, Schauspielerin und wohnhaft in München.«

»Korrekt. Haben Ihre Kollegen mal gute Arbeit geleistet, meinen Perso zu lesen.«

»Romy ist ein ungewöhnlicher Name.«

»Meine Mutter hatte ein Fabel für berühmte Schauspielerinnen.«

»Wo ist Frau Rosner? Sie wird international gesucht, und Sie verlassen dieses Gebäude nicht, wenn ich nicht herausfinde, was Sie verheimlichen. Arbeiten Sie zusammen im Drogengeschäft?«

»Was? Nein! Und ich habe keine Ahnung, wo sie steckt! Ich suche sie ja auch.« Ich atmete schneller. Wie konnte er mich immer noch auf dem Kicker haben, jetzt, da er die Wahrheit wusste. Also den Ansatz davon.

»Und warum haben Sie ihren PC und die Notizbücher durchsucht?«

Ich starrte ihn an und hielt den Atem an. So ein ausgefuchster Mistkerl.

»Macht Sie das sprachlos?«

»Bekomme ich einen Schluck Wasser?«

»Lenken Sie nicht ab.«

»Sind das Ihre Folter-Verhörmethoden, oder was?«

Er schwieg. Seinen Blick konnte ich nicht deuten. Vielleicht brachte ich ihn zur Weißglut. Bestimmt war es so und das war gar nicht gut.

»Ich habe gar nichts gesucht!«, schrie ich. »Ich will nur wissen, wo Amelie ist!« Ich sah ihn an, er erwartete offensichtlich mehr. »Okay, es tut mir leid, ich habe mich echt bescheuert aufgeführt. Aber ich dachte, es wäre ein Spiel! Polizisten kenne ich sonst nur aus dem Film!«

Er wartete einen Moment, dann stand er auf und ging um mich herum.

»Bitte, lassen Sie mich gehen!« Meine Unterlippe zitterte. »Ich schwöre, ich habe mit all dem nichts zu tun! Ich bin nur zum Urlaub hier.«

Sein Schlüsselbund klingelte, dann beugte er sich zu mir. »Das mit der Urlauberin kaufe ich Ihnen nicht ab.«

Seine Hände berührten meine, sie waren weich und warm. Er roch nach Davidoff und herben Kräutern. Er entfernte die Handschellen, und ich rieb mir die Handgelenke. Ich kam mir wieder wie im Film vor.

»Einstweilen dürfen Sie die Insel nicht verlassen, bis wir unsere Ermittlungen abgeschlossen haben.«

»Wie bitte?«

»Sie können gehen.«

Kapitel 2

Auf Spurensuche
Noch fünf Tage

Strahlender Sonnenschein küsste meine Haut am nächsten Nachmittag. Das Wetter der Azoren war genauso wechselhaft wie mein Gefühlsleben hier. Ich stand am Aussichtspunkt, lehnte mich erschöpft ans Geländer und ließ meinen Blick über Sete Cidades schweifen. Ich hatte nicht gewusst, was damit gemeint war, doch im Tourismus-Büro von Ponta Delgada klärte man mich auf. In der Stadt hatte ich die Nacht in einem Hostel verbracht. Heute Morgen musste ich zusehen, wie ich mein Auto erreichen konnte und hatte mich anschließend vom Navi hierher führen lassen.

Nun blickte ich in die riesige Caldera. Ein ehemaliger Vulkan, die Steilhänge grün bewachsen und um mich herum Hortensien. Das musste die Nationalblume der Azoren sein. Sie wuchs wie Unkraut, aber wunderschön und überall. Unter mir erstreckten sich zwei Kraterseen. Der eine schimmerte bläulich, der andere grünlich. Ich hielt das Gesicht in die Sonne und hoffte, die Wärme auf meiner Haut und die sanfte Brise würden mich die Erlebnisse von tags zuvor vergessen lassen. Das hier glich einem Paradies. Eine Idylle, die zwar Touristen anzog, aber nicht überlaufen war.

Das Gestern lag mir im Magen. Mein ganzer Körper verkrampfte sich, sobald ich wieder daran dachte. An die Handschellen, diesen Mistkerl, die Drogengeschichte. Ein Schauer kroch meinen Nacken hoch.

Die haben nichts in der Hand, versuchte ich mich zu beruhigen. Sonst hätten sie mich nicht gehen lassen.

Ich musste Amelie finden. Ohne Sie wäre mein ganzer Plan ruiniert. Dann wäre alles umsonst gewesen.

Was war nur mit ihr geschehen? Sollte ich mir Sorgen machen? Dass es hier auf diesen Blumeninseln Kriminalität gab, war schwer zu glauben. Mein Gefühl sagte mir abermals, dass es eine plausible Erklärung geben musste.

Ein kleiner Mann mit Glatze erregte meine Aufmerksamkeit. Er sah aus, wie der Ranger eines Nationalparks in kakifarbener Uniform und reparierte eines der Holzgeländer.

Ich lief zu ihm. »Entschuldigen Sie bitte«, sagte ich auf Englisch.

Er drehte sich um und lächelte mich an.

»Ich suche jemanden. Vielleicht haben Sie meine Freundin gesehen?« Ich hielt ihm das Handy mit einem Foto von Amelie unter die Nase.

Sein Gesichtsausdruck veränderte sich. »Ja, die war hier«, sagte er. Er musterte mich einmal von oben bis unten. »Ich muss weiterarbeiten.«

»Warten Sie. Können Sie mir sagen, wo ich sie finden kann?«

»Woher soll ich das wissen?« Er wandte sich wieder seinem Werkzeug zu.

»Oder erinnern Sie sich, wann sie hier war?«

»Wie gesagt, ich habe zu tun.« Er hob den Hammer auf und nagelte ein Brett an den Pfosten.

Ich bedankte mich, doch meine Worte gingen bei dem Klopfen unter. Es war frustrierend. Ich lief den Pfad zurück. Das Terrain wurde ebener, es gab kein Geländer mehr, der Weg war wie eine ausgetretene Rinne. Ich schaute abwechselnd auf den sandigen Boden, dann wieder auf mein Handy und knallte in einen Wanderer.

»Entschuldigung.«

»Nichts passiert.«

Der Typ sprach Deutsch. Und diese Stimme kannte ich. »Sie schon wieder?« Ich hüpfte einen Schritt rückwärts, stolperte am Rand der Rinne und geriet ins Schwanken.

Ich ruderte mit den Armen. »Oh.«

Er fasste nach meinem Oberarm, packte mich, zog mich zurück und fragte: »Alles klar?«

Ich befreite mich aus seinem Griff. Ein Sturz wäre kein Drama gewesen. Ich wäre maximal auf einem Grasbüschel gelandet. Ich musterte ihn, mein Herz pochte viel zu schnell. Zumindest stand er ohne gezogene Waffe oder Handschellen in der Hand vor mir.

»Wollen Sie mich wieder festnehmen?«

»Sind Sie etwa beleidigt?«

Ich kniff die Augen zusammen. »Sie sind mir gefolgt.«

Leger gekleidet wie tags zuvor stand er da, mit gewollt unschuldigem Blick, was ihm nicht gelang und sah dazu verdammt gut aus.

»Irgendetwas verheimlichen Sie mir noch«, sagte er.

Mein Mund wurde trocken. Diesem Typen fielen die Weiber bestimmt reihenweise ins Bett. Ob er da seine Handschellen auch zum Einsatz brachte? Zweifellos.

Ich zwang mich, möglichst frech zu klingen. »Mein Leben geht sie gar nichts an. Wissen Sie inzwischen, wo Amelie ist?«

»Keine Idee, ich hatte gehofft, Sie würden mir heute weiterhelfen.«

Ich schwieg, und er sah mich an. Diese Geduld, die er an den Tag legte, war ekelhaft. Ekelhaft sexy. Sein Blick ...

Er zwinkerte mir zu, dann wandte er sich ab und lief den Weg zurück, auf dem ich gerade gekommen war. Er rannte auf den Glatzkopf zu, der mich soeben abgespeist hatte.

Mir war klar, was er vorhatte. Also folgte ich ihm mit etwas Abstand. Ich erwartete, dass Souca seinen Ausweis ziehen, sich amtlich als Polizist vorstellen und dann den Typen ausquetschen würde, worüber er mit mir gesprochen hätte. Nichts dergleichen geschah. Ich näherte mich langsam.

Der Glatzkopf reichte Souca die Hand, zog ihn zu sich wie einen alten Freud und umarmte ihn herzlich. Worte prasselten auf Portugiesisch. Ich stand nur ein paar Meter abseits, aber verstand ohnehin nichts. Man kannte sich offensichtlich. Nach einer Weile winkte mir Souca zu. »Zeigen Sie nochmal das Bild.«

»Was?«

»Jetzt kommen Sie schon.«

Ich tat wie geheißen, und dieses Mal nickte der Mann, der aussah wie ein Ranger.

Souca stellte ihn mir vor. »Das ist Louis Pinheiro.«

Louis fuhr auf Englisch fort: »Ich erinnere mich, die war mit einer Gruppe von Männern hier. Eine furchtbare Truppe. Haben Fotos gemacht und sich betrunken. Soweit so gut. Aber dann habe ich Angst bekommen, die würden gleich über die Absperrung fallen. Schlimmer noch. Einer hat mit dem Fuß gegen das Geländer getreten. Immer wieder, bis es hinüber war.« Er zeigte auf die zerborstene Holzkonstruktion. »Jetzt muss ich es reparieren, die Verankerung ist lose. Solche Idioten.« Er sah mich an und lächelte auf einmal. »Hätten Sie doch gleich gesagt, dass sie eine Freundin von Aurelio sind, diesem verrückten Gleitschirmflieger.«

»Naja, also ...«

»Entschuldigen Sie meine pampige Antwort. Ich bin einfach immer noch so wütend!«

»Das ist verständlich.«

»Also sind Sie schon mit Aurelio geflogen?«, fragte der Mann. Er machte ein neugieriges Gesicht, wie das einer Großmutter, die ihre Enkelin nach dem ersten festen Freund ausfragen will.

»Wie bitte? Nein, ich ... ich wusste gar nicht, dass er Pilot ist.«

»Und wie gefällt es ihnen bei uns? Haben Sie den letzten Sturm miterlebt?«

»Nein, also ...«

Aurelio Souca war jetzt derjenige, der unterbrach. »Der war wirklich heftig, ja. Aber sie hat ihn nicht miterlebt, sie ist erst gestern angereist.«

»Ach so.«

»Sie ist eine Zeugin in einem Fall, den ich bearbeite.«

Der Mann sah enttäuscht aus. »Oh. Und ich dachte ... du wärst privat hier. Viel zu selten, dass du dich in deiner Heimat blicken lässt. Und immer nur die Arbeit im Kopf, und ...« Er sah mich flüchtig an, schwieg dann aber.

Meine Gedanken überschlugen sich.

Souca wechselte das Gespräch ins Portugiesische. Ich verstand nichts mehr. Bevor ich nachhaken konnte, verabschiedete sich Souca und schob mich sanft den Pfad zurück. Seine Hand ruhte zwischen meinen Schulterblättern, und ich ertappte mich dabei, den Kontakt zu ihm zu genießen. Als ich das realisierte, lief ich schneller und löste mich von ihm.

»Zeugin also?«, fragte ich, ohne mich zu ihm auf dem Trampelpfad umzudrehen.

Er sagte nichts.

Zurück an meinem Mietwagen angekommen, fragte ich: »Was hat er Ihnen sonst noch über Amelie gesagt?«

»Nichts. Sie war hier. Nichts weiter.«

»Ich glaube Ihnen kein Wort.«

Ein Schmunzeln trat auf seine Lippen. Er lehnte sich an die Kühlerhaube meines Wagens. Nun war er genauso groß wie ich. »Vielleicht hat er doch noch etwas aufgeschnappt.« Er schob sein Kinn vor.

»Und das wäre?«

»Es sind laufende Ermittlungen, ich darf Ihnen nichts sagen.«

»Ach, kommen Sie schon. Sie glauben doch wohl nicht im Ernst, dass Amelie eine Drogen-Kriminelle ist!«

»Ich muss jedem Hinweis nachgehen. Deswegen bin ich überhaupt hier auf den Azoren. Über die Inseln verläuft ein Handelsweg, den ich aufdecken werde.«

Ich konnte nicht deuten, was in seinem Kopf vorging, doch ich wurde das Gefühl nicht los, dass er mit mir spielte. Oder es zumindest versuchte.

»Aber Amelie hat damit sicher nichts zu tun. Und ich genauso wenig.«

»Das werde ich noch herausfinden.«

Ich sah ihn skeptisch an.

Er stemmte die Hände auf die Kühlerhaube und betrachtete mich.

Er sah sexy aus. Ich schaute ihm in die Augen. Unser Blickkontakt hielt an, als wollte keiner zuerst aufgeben und wegsehen. Es kribbelte sogar in meinem Bauch.

Nein, schrie ich innerlich, riss mich davon und starrte zum Horizont hinter dem Wagen. Ein paar Büsche. Blauer Himmel. Ich rief mir in Erinnerung, warum ich diesen Kerl hasste. Der Schmerz, den er mir gestern physisch und psychisch zugefügt hatte, das würde ich ihm niemals verzeihen. Egal, wie verdammt sexy er war.

Was er wohl mit seinen Händen alles anzustellen vermochte …?

»Charly.« Er riss mich aus den Gedanken. »So heißt anscheinend einer der Typen. Louis hat den Namen aufgeschnappt und dass sie zum Hafen wollten. Ein Boot chartern vielleicht.«

»Für ihren Drogentransport, oder was.«

»Zum Beispiel, ja.«

»Ach du meine Güte.« Ich lachte laut los.

Er sah mich schweigend an.

Mein Blick hing jetzt an seinen Lippen. Weich und voll, meine Hände schwitzten … Verdammt noch mal! Ich trat einen halben Schritt zurück.

»Wissen Sie, an wen Sie mich erinnern?«, fragte er schmunzelnd.

»An wen.«

»Mata Hari.«

»Mata wer?«

»Sie kennen sie nicht? Es ist die berühmteste weibliche Spionin der Geschichte! Sie hat im ersten Weltkrieg spioniert, war aber eigentlich Tänzerin. Ich glaube, sie hat den Striptease erfunden …«

Ich starrte ihn mit offenem Mund an.

»... also einen sehr stilvollen Striptease, sehr verführerisch, aber geheimnisvoll, orientalisch ...«

»Ist das Ihr Ernst? Fällt ihr Vergleich mit mir nicht unter sexuelle Belästigung einer Verdächtigen, oder so?«

Er wirkte nicht wie ein Cop, der sich um Vorschriften scherte. Ich ordnete ihn eher in die Kategorie Mensch ein, der sich Regeln entsprechend seiner Wünsche auslegte.

»Ein Vorschlag«, sagte er langsam. »Ich werde meine Beziehungen spielen lassen, um herauszufinden, ob Frau Rosner auf einer Passagierliste zu finden ist.«

»Das klingt vernünftig.«

»Aber ...« Er legte eine Pause ein. »Dafür gehen Sie mit mir essen.«

Ich öffnete den Mund. Dachte er, er konnte den Spieß umdrehen? Mich manipulieren? Da hat er aber falsch gewettet. Ich wickelte Leute ein, niemals andersherum. Ich schloss den Mund wieder. Wir waren uns ähnlich. Zu ähnlich. Einem Mann wie ihm war ich zuvor nie begegnet. Einem, der mir eventuell sogar das Wasser reichen konnte. Das machte ihn brandgefährlich. Doch er konnte mir nützlich sein.

»Na gut«, gab ich nach. »Wir haben einen Deal.« Ich streckte die Hand zum Einschlag aus, zog sie aber wieder zurück. Wenn er mich als Trophäe erobern wollte, gut so. »Ich bestimme, wann wir essen gehen und wo.«

Aurelio Souca befragte einen der Bootsführer am Hafen – natürlich auf Portugiesisch. Ich stand zähneknirschend daneben, wippte von einem Bein, auf das andere. Ich hasste es, das Zepter aus der Hand zu geben. Im Augenblick war ich jedoch dazu gezwungen. Ich musste mich auf Aurelio Souca verlassen.

Nach einer gefühlten Ewigkeit verabschiedete sich Aurelio. Der Mann ging davon. Souca wandte sich wieder mir zu. Zu meiner Überraschung erzählte er ohne Umschweife, was er erfahren hatte.

»Sie war auf seinem Schiff«, begann er.

Ich beobachtete ihn ganz genau. Wer wusste schon, ob Souca mir alles erzählte oder die Hälfte verschwieg?

Er fuhr fort: »Vor gut einer Woche. Er erinnert sich so gut, weil auch ihm die Truppe ins Auge gefallen war. Eine Horde Straßenmusiker, so hat er sie genannt.«

»Wo sind sie jetzt?«

Er zuckte mit den Schultern. »Es ist nur eine Fährte. Er meint, laut der Ticketunterlagen sind sie zuletzt auf Flores von Bord gegangen. Das ist aber nicht so einfach nachzuvollziehen, denn sie mussten mehrfach umsteigen. Keine Ahnung, warum sie überhaupt das Schiff genommen haben und nicht das Flugzeug.«

»Vielleicht waren die Zwischenstopps ja wichtig? Jedenfalls klingt es nicht nach Entführung.« Fragend schaute ich ihn an.

»Nein«, sagte er. »Flores ist übrigens sehr hübsch. Sie gehört zur westlichen Inselgruppe der Azoren.«

»Okay, dann fahre ich jetzt da hin. Ich hole mein Gepäck und gebe das Auto ab.«

Ich wollte losstürmen, aber er griff nach meiner Hand und hielt mich fest. »Warte mal. Du stehst immer noch unter Verdacht, Mittäterin zu sein.«

Ich hob eine Augenbraue. Mir war nicht entgangen, dass er mich geduzt hatte.

Er ließ mich wieder los. »Du hast unterschrieben, dass du erst einmal auf der Insel bleibst.«

»Wegen einer einzelnen, beschissenen Cannabis-Pflanze? Die mir nicht mal gehört? Das kann doch nicht dein Ernst sein!«

»Wegen des Verdachts. Es gibt andere Indizien. Beim Thema Drogen verstehen die Behörden hier keinen Spaß.«

Ich stöhnte auf. »Dann komm doch mit. Wir suchen schließlich beide nach Amelie und dann bin ich ja unter deiner Aufsicht.« Die letzten Worte betonte ich extra langsam.

»Das kann ich so schnell auch gar nicht mit meinem Vorgesetzten am Festland klären. Und es gibt noch ein Problem. Die Fähre startet erst nächste Woche wieder.«

»Wie bitte?«

»Ich sage doch, mit den Fähren ist es kompliziert. Deshalb ja mein Hinweis bezüglich des Fliegens. Inselhopping funktioniert hier nicht so leicht. Zumindest nicht bei den äußeren Inseln.«

»Kannst du das Problem irgendwie lösen? Ich hatte mich schon auf ein Abendessen an Bord gefreut.« Ich lächelte ihn an. »Also, es liegt an dir.«

In Klartext hätte ich auch sagen können: Essen mit mir gegen Hilfe von dir.

Er zögerte.

»Was ist, Aurelio?« Zum ersten Mal sprach ich seinen Namen aus. Ganz bewusst. Der Klang gefiel mir. Er schien mir weder ein Kind von Traurigkeit, noch ein Dummkopf zu sein. Er war Polizist. Doch mein Gefühl sagte mir einmal mehr, dass er sich nicht so um Regeln scherte, wie er es gerade vorgab. Das ergab eine prickelnde Mischung, ganz nach meinem Geschmack. Ich musste mich vor ihm in Acht nehmen. Ich nahm mir vor, zwei Dinge niemals zu vergessen. Erstens, wie wir uns kennengelernt hatten. Das nahm ich ihm aufs äußerste übel, auch wenn ich es mir nicht anmerken ließ. Zweitens, dass ich von uns beiden die Spielkarten mischen würde. Egal, wohin diese Reise ging, wenn einer von uns gezinkte Karten austeilte, dann musste ich diejenige sein.

Er sah mich erst abwartend an. »Okay. Ich überlege mir was. Hol dein Zeug«, forderte er mich dann auf.

Ich strahlte ihn an, als hätte ich den Jackpot geknackt.

Kapitel 3

Mittel zum Zweck
Noch vier Tage

»Warum sprichst du so gut Deutsch?«, fragte ich ihn beim Abendessen im Bordrestaurant der Fähre. Es war spartanisch eingerichtet, Deko- und Romantikfaktor gingen gleich null. Gut so. Das Abendessen bot eine super Gelegenheit, Aurelio besser einschätzen zu lernen.

Aurelio hatte einen Flug nach Horta organisiert, und von dort aus hatten wir eine Fähre nach Flores bestiegen. Angeblich war es für den Augenblick die beste und günstigste Möglichkeit. Das bezweifelte ich, hakte aber nicht nach.

»Meine Mutter ist Deutsche. Mein Vater Portugiese. Seine Familie stammt von den Azoren, aber Vater und ich wohnten später auf dem Festland. Das hatte berufliche Gründe. Naja, deswegen spreche ich auch Deutsch.«

»Und deine Mutter?«

»Die ist abgehauen.« Er schenkte mir Rotwein nach.

»Willst du mich betrunken machen?«

»Vielleicht.«

»Und wenn ich seekrank werde? Mit all dem Wein?«

»Du verträgst schon was.«

Ich musste grinsen, denn nebenbei stellte ich fest, dass dieser Mistkerl mich ständig zum Lachen brachte. Anfangs hatte ich mir auf die Zunge gebissen, mich zurückgehalten, mittlerweile gab ich es auf, ganz nach dem Motto: Das Nützliche mit dem Schönen zu verbinden ist wohl kein Verbrechen.

»Was meinst du mit abgehauen?«

Er wartete mit seiner Antwort. »Sie hat sich von Vater getrennt und ist zurück nach Deutschland. Ich bin bei ihm aufgewachsen. Erst seit kurzem habe ich wieder Kontakt zu meiner Mutter.«

»Tut mir Leid.«

»Schon okay, es ist einfach kompliziert. Einmal habe ich sie auf Spiekeroog besucht, da wohnt sie jetzt. Es ist ein komisches Verhältnis.«

»Warum hat sie den Kontakt nicht gehalten? Sie hätte dich besuchen können.«

»Sie sagt, mein Vater hätte das verhindert. Keine Ahnung. Irgendwie will ich gar nicht mehr nachhaken, das Kapitel liegt hinter mir. Wie ist es bei dir?«

»Was meinst du?«

»Zum Beispiel, warum bist du Schauspielerin geworden?«

»Weil es Spaß macht.«

Er sah mich abwartend an.

»Na ja«, fügte ich hinzu und lächelte verunsichert. Warum sah er jedes Mal sofort, wenn ich flunkerte? Ich fand das beeindruckend, was ich jedoch nie zugegeben hätte. »Meine Mutter war Schauspielerin. Sehr erfolgreich sogar. Schon als Kind beschloss ich, in ihre Fußstapfen treten.«

Sein Blick war konzentriert.

»Sie sagt, wer es nicht bis zum fünfundzwanzigsten Lebensjahr geschafft hat, also den großen Hit, der schafft es gar nicht mehr.« Ich zuckte mit den Schultern. »Lass uns lieber das Thema wechseln, das verdirbt uns sonst den Abend.« Ich griff nach meinem Weinglas. Wir stießen an, und ich nahm einen großen Schluck. Ein bitterer Nachgeschmack blieb hängen. Hauptsache er hakte nicht nach, ob ich es denn geschafft hätte.

Er fragte nicht.

»Du bist nicht gerade ein vertrauensseliger Mensch, oder?«, kam stattdessen.

Ich hob das Kinn. »Ach, meinst du? Ich habe dir doch eben etwas sehr Persönliches verraten.« Das hatte ich in der Tat. Das war sonst nicht meine Art. Ich nahm mir vor, es langsamer mit dem Wein angehen zu lassen.

»Das sollte keine Anschuldigung sein. Nur eine Beobachtung. Du bist sehr vorsichtig damit, was du erzählst und manchmal kommst du mir wie eine Künstlerin vor. Deswegen auch der Vergleich mit Mata Hari. Du wirkst auf mich, als ob du genau abwägst, wer vor dir steht und welche Version von dir im Moment notwendig ist. Je nachdem, was der gerade von dir sehen will.«

Ich runzelte die Stirn, sagte aber nichts.

»Ich bin auch nicht unbedingt vertrauensselig. Das Leben hat mich eines Besseren belehrt, ich verstehe dich vollkommen.«

Das bezweifelte ich, dennoch dachte ich über seine Worte nach. »Ich verlasse mich gerne auf mich selbst. Das ist alles.«

Das entsprach der Wahrheit. Ich war darüber froh und sogar stolz. Meine Unabhängigkeit bedeutete mir viel. Und dennoch legte sich eine Schwere auf meine Schultern, die ich nicht deuten konnte.

Zum Glück kam der Kellner mit den Desserts.

»Gute Nacht.«

»Du willst schon schlafen?«, fragte er. »Komm doch noch mit, wir schauen uns das Meer an.«

»In der Nacht? Da sehen wir doch nichts.«

»Lass dich überraschen.«

Kalte Luft schlug mir entgegen, ich tastete mich an Deck vor, in kleinen Schritten, denn die Fähre war spärlich beleuchtet.

Er hielt mir die Hand hin, doch ich nahm sie nicht.

»Danke, aber es geht schon.«

Ich lief an ihm vorbei. Ich wäre lieber von Bord gestolpert, als Schwäche zu zeigen. Weiter vorne am Bug stellte ich mich an die Reling und schaute hinaus. Alles schwarz. Vom azurblauen Wasser war nichts mehr zu sehen. Doch die Wellen konnte ich sehr gut hören. Sie schlugen gegen den Schiffsrumpf, ich hielt mich am Metall fest, das sanft vibrierte und ich schaukelte gemeinsam mit dem Schiff, wie in einer Babywiege. Der Wind ließ mich frösteln. Ich zog das Jäckchen dichter um mich.

»Worüber denkst du nach?« Aurelio gesellte sich neben mir an die Reling. Eine hohe Welle klatschte gegen den Schiffsrumpf. Es ergab ein dröhnendes Geräusch, und salzige Wasserspritzer landeten auf meinen Lippen.

»Über meine Mutter.« Meine plötzliche Offenheit überraschte mich selbst.

Er sagte nichts. Schatten lag auf seinem Gesicht, nur in seinen Augen reflektierte das wenige Licht.

Ich gewöhnte mich langsam an die Dunkelheit und nahm die wellige Meeresoberfläche besser wahr.

»Sie hat mich ganz alleine großgezogen. Wir waren immer zu zweit, und wenn sie mir eins beigebracht hat, dann, dass ich mich nur auf mich selbst verlassen kann. Eine Macherin sein muss.«

»Das klingt hart. Aber zumindest hattest du jemanden, der sich um dich kümmert.«

»Sie konnte ihren Traum von der Schauspielerei nicht leben, weil ich da war. Nach dem ersten Hit war es vorbei, weil sie Mutter spielen musste. Und heute schaue ich sie an und merke, dass sie von mir verlangt ... also sich wünschen würde ... «

»Willst du überhaupt Schauspielerin sein? Oder ist das der Traum deiner Mutter?«

Mir entkam ein Geräusch, als entwiche einem Ballon die Luft. Es fügte sich ein in die Geräuschkulisse der Wellen. Der Wind war eisig. Ich krallte meine Hände um die Metallstangen, ich hatte zu viel erzählt. Das war ein Fehler.

Er schien mein Unbehagen zu spüren und wechselte geschickt das Thema. »Hast du schon einmal Wale oder Delphine gesehen?«

»Nein.«

»Schade, dass wir morgen früh auf Flores anlegen. Bei einer längeren Schiffsfahrt hätten wir vielleicht Glück gehabt.«

Ich atmete tief die kühle Meeresluft ein und entspannte mich wieder.

»Aber sieh nach oben«, sagte Aurelio. »Dafür erleben wir den schönsten Sternenhimmel, den es gibt.«

Ich schaute nach oben und verharrte einen langen Augenblick. Ein Tränchen kullerte über meine Wange. Ich schauderte. Ein glitzerndes Firmament wölbte sich über unseren Köpfen. Bis hin zum schwarzen Horizont und dem dunklen Meer darunter.

Ich segle auf einem Lügenmeer. Irgendwann wird es mich verschlucken.

»Du siehst traurig aus.«

»Was?« Ich wartete einen Moment. »Ich habe nicht gelernt, wie man traurig ist, also nein. Ich bin nicht traurig.«

Ich fühlte seinen Blick auf mir ruhen. »Ich bin nur müde und muss ins Bett.« Für diesen Abend hatte ich mehr Wahrheiten über mich ausgeplaudert, als gut für mich war. Anstatt ihn meinerseits auszuhorchen, war genau das Gegenteil passiert.

Egal. Ich hatte den Eindruck, dass er mich mochte. Je mehr das der Fall war, desto eher würde er mir später von Nutzen sein. Meine Gefühle musste ich im Zaum halten. Gar nicht so leicht. Abstand wäre vernünftig.

»Ich fand unseren Abend sehr schön.« Er stieß mich mit seiner Schulter an. »Ich weiß, du willst mich nur zappeln lassen. Du hast es nicht mit einem Anfänger zu tun.«

Ich sah ihn an. Ein Lächeln musste ich mir unbedingt verkneifen. Er war wie ein Tiger. Lauernd, flink und schlau. Und wenn ich es nicht erwartete, sprang er mich direkt an.

»Ich muss dringend ins Bett«, sagte ich. Meine Beine bewegten sich aber keinen Schritt.

Er spielte in der gleichen Liga wie ich. Das erschwerte die Dinge. Wir waren beide Tiger, Einzelgänger und normalerweise hatten wir es mit hilflosen Beutetieren zu tun, selten miteinander. Wem sollte ich etwas vormachen?

»Wir könnten ja einen gemeinsamen Whalewatching-Ausflug unternehmen«, schlug er jetzt vor.

»Du willst noch mehr Zeit mit mir verbringen?«

Er zuckte mit den Schultern. »Ja.«

»Warum?« Ich wartete eine Weile. »Weil ich deine Verdächtige bin und du mich aushorchen willst?« Ich wandte mich ihm zu, die Reling lag jetzt in meinem Rücken.

Seine Augen funkelten verführerisch. Meine Wangen begannen zu glühen, doch das sah er hoffentlich in der Dunkelheit nicht.

»Ich nehme uns beiden ungern die erotische Spannung raus, aber du hast wirklich die Falsche ins Visier genommen.«

Er kam mir näher und legte seine Hände auf meine Hüften.

»Was machst du da?«

»Dich küssen«, sagte er und beugte sich mir entgegen.

Mein Herz setzte einen Satz aus und schlug doppelt so schnell weiter. Ich roch sein herbes Parfüm und für einen Moment blickte ich in seine schwarzen Augen. Dann berührten sich unsere Lippen. Ich streckte mich ihm entgegen, und obwohl eine Stimme in mir schrie ›Du darfst dich nicht verlieben!‹, konterte eine andere ›Aber ein bisschen Spaß ist doch okay!‹

»Ich kann dir nicht widerstehen.« Hatte ich das etwa laut gesagt?

»Was?«, fragte er und sah mich an.

»Nichts.« Ich küsste ihn, meine Zunge berührte die seine. Ich packte ihn heftiger, zog ihn näher zu mir heran. Es kribbelte in meinem Unterleib. Jetzt wollte ich ihn ganz spüren. Ich sehnte mich nach mehr. Ihm entwich ein Stöhnen. Er umfasste meine Handgelenke, verschränkte meine Arme hinter meinem Rücken und drückte mich gegen die Reling. Das machte mich nur noch wilder, ich fühlte die Tigerin in mir. Ich biss ihm etwas zu energisch in seine Unterlippe. Er stöhnte auf, presste mich umso fester gegen die Reling. Sein Oberschenkel glitt an meiner Jeansinnenseite. Ich spürte seine Erregung. Er war stärker als ich. Dieser Gedankte törnte mich noch mehr an. Er küsste mich leidenschaftlich und hielt dann inne. »Willst du, dass wir ...?«

»Auf deine Kabine gehen?«

»Ja«, hauchte er mir ins Ohr.

»Darfst du denn eine Tatverdächtige vögeln?«

»Zeugin, bitteschön.«

»Macht das einen Unterschied?«

»Nein, aber es ist mir scheißegal. Ich will dich aufs Bett zerren und ...« Er biss mir sanft ins Ohrläppchen.

Eine heiße Welle lief durch meinen Körper, ich fühlte die Hitze unterhalb meines Nabels und ich genoss es, wie er mich fest gepackt hielt.

»Warte.« Ich wand mich ein wenig. »Warte mal.«

Er ließ sofort los.

Mein Herz klopfte wie wild. Jede Faser meines Körpers sehnte sich nach ihm. Ich wollte nichts lieber, als ihm die Kleider vom Leib reißen. »Das geht nicht«, sagte ich.

»Es geht dir zu schnell?« Er klang ein wenig außer Atem. »Schon okay.«

»Nein, das ist es nicht.« Den tatsächlichen Grund würde ich ihm nie verraten. Aber mir selbst gegenüber musste ich ehrlich sein, so gut es möglich war. Er war zu geil, um wahr zu sein. Er war gefährlich für mich, denn ich fand ihn toll. So, jetzt war es raus. Und ich wusste nicht einmal, wieso er dieses

Gefühl bei mir auslöste. Eine toxische Mischung, das durfte ich nicht zulassen.

»Was ist es dann?«

»Du bist Polizist, ich deine Verdächtige.« Ich schluckte und kaufte mir selbst nicht ab, was ich da von mir gab. »Das hört sich vielleicht nach einem geilen Spielchen an, aber ehrlich gesagt, macht mir das ein bisschen Angst.« Unbeabsichtigt plauderte ich mal wieder mehr Wahrheit aus, als ich wollte.

»Okay. War ich zu grob? Tut mir leid.«

»Nein!« Ich gluckste, dann räusperte ich mich. »Bei unserer ersten Begegnung definitiv.«

»Ach, darum geht es. Okay, ich muss dir jetzt aber nicht erklären, wie verdächtig du dich benommen hast, oder?«

»Nein. Aber trotzdem.« Ich sah ihn ernst an.

»Du hältst mich für ein Arschloch.«

»Ja.«

»Okay. Das kann ich verstehen.«

Ich schüttelte den Kopf. »Können wir es ein bisschen langsamer angehen lassen?« Es kostete mich alle Kraft, die ich besaß, ihn nicht sofort wieder zu küssen.

Eine fremde Stimme hallte über das Schiffsdeck hinweg. »Senhor Souca?«

Ein Mann kam auf uns zu. Der Wind zerrte Haare aus seinem Pferdeschwanz hervor und wehte sie ihm ins Gesicht. Gerade hatte ich Aurelio eine Abfuhr erteilt. Trotzdem fühlte ich mich, als hätte der Typ uns bei einem innigen Kuss gestört. Was wollte er von Aurelio?

Der Fremde wechselte einige schnelle Worte mit ihm, die ich nicht verstand.

»Ich muss los.« Aurelio wandte sich ab und war drauf und dran, diesem Typen hinterherzulaufen.

Ich packte sein Handgelenk. »Warte! Was ist denn los?«

Er sah mich grimmig an. »Es wurden Drogen im Frachtabteil gefunden.«

Ungefragt hetzte ich Aurelio aufs Unterdeck hinterher. Der Fremde war dem Anschein nach der Kapitän der Fähre. In einer modrig stinkenden Kabine stapelten sich Boxen, Koffer und Pakete. Es ähnelte einem Postamt, wären der Gestank und der Schmutz nicht gewesen. Ich war außer Atem. Was passierte hier? Vom Gespräch zwischen Aurelio und dem langhaarigen Typen verstand ich gar nichts. Das ärgerte mich. Trugen Kapitäne denn heutzutage keine Kapitänsuniform mehr? Ich drängte mich mit in die Kabine und beobachtete schweigend, was passierte. Aurelio musterte eines der Päckchen genauer.

Ich lehnte mich vor. Aurelio öffnete den Pappverschluss. Bevor ich etwas erkennen konnte, drehte sich Aurelio zu mir um. »Du musst hier raus.«

»Was?«

Er schob mich rückwärts an den Schultern vor die Tür.

»Jetzt warte doch mal!«

Schon knallte die Metalltür vor meinen Augen zu. »Lass mich nicht so stehen«, schrie ich. Er war wieder ganz der grimmige Polizist.

Ich lief am Gang auf und ab, streifte dabei die Wände links und rechts mit meinen Zeigefingern entlang, ohne meine Arme wirklich ausstrecken zu müssen.

»Kann er mich mal einweihen, was los ist?« Jetzt führte ich schon Selbstgespräche! »Er würde es mir doch sagen, wenn es was mit Amelie zu tun hätte. Oder nicht?«

Ich blieb vor der verschlossenen Tür stehen und schlug mit meinem Handballen dreimal dagegen. Ein dumpfes, metallisches Scheppern dröhnte den Gang entlang. Meine Hand tat weh. Es war mir egal. Ich musste herausfinden, was los war.

Ich wartete ab, nichts geschah. Geduld war noch nie meine Stärke gewesen. Ich knallte mit der Faust gegen die Tür.

Dong. Dong. Dong.

Dann schlug ich ins Leere.

Aurelios Gesicht tauchte vor mir auf. Er hatte die Tür einen Spalt weit geöffnet und schob sich zu mir auf den Gang.

»Was soll das?«, zischte er. Er sah wütend aus. »Lässt du mich mal meine Arbeit machen?«

»Tut mir leid, wenn ich dir gerade unangenehm bin.« Es tat mir überhaupt nicht leid, das verriet auch mein Tonfall. »Aber du kannst mich hier nicht so stehen lassen!«

»Hör zu, leg dich schlafen, das dauert hier noch länger. Ich muss Spuren sichern.«

»Was ist denn los? Du sagtest was von Drogen? Deutet irgendwas auf Amelie hin?«

»Nein.«

»Du würdest es mir aber sagen, wenn auf dem Päckchen Amelies Namen stehen würde, oder?«

Er sah mich mit genervtem Gesichtsausdruck an und schüttelte den Kopf.

Ich seufzte lautstark auf. »Wer ist dieser Langhaarige? Doch nicht etwa der Kapitän?«

»Doch.«

»Woher weiß er, dass du hier an Bord bist?«

Aurelio seufzte. »Wir hatten schon kurz nach dem Ablegen ein Gespräch.«

»Davon habe ich ja gar nichts mitbekommen.«

»Hör zu, ich muss wieder rein.« Mit den Händen unterstrich er, dass ich abzischen sollte. »Geh bitte schlafen. Ich erzähle dir morgen mehr, okay?«

»Wers glaubt.« Ich drehte mich um und wackelte davon. Schlaf würde ich so schnell nicht finden.

Am nächsten Morgen weckte mich das kräftige Schaukeln der Fähre. Ich fühlte mich wie gerädert. Die ganze Nacht hatte ich mich auf der Pritsche hin- und hergeworfen. Ich stand auf und verließ meine Minikabine, die eher einer Gefängniszelle glich. An Deck streckte ich meine Nase der feuchten Brise entgegen. Der Sonnenaufgang versteckte sich hinter Nebelschwaden. Es nieselte. Wie schnell sich das Wetter hier doch ändern konnte. Innerhalb von Minuten war meine Kleidung klamm.

»Amelie. Wo steckst du nur«, flüsterte ich dem Wind zu. »Ich hoffe, dir ist nichts zugestoßen.«

Ich atmete tief ein. Mit den Ellbogen lehnte ich an der tropfnassen Reling.

»Romy?«

Diese Stimme kannte ich. Ich drehte mich gar nicht erst um.

»Tut mir leid ...«

Ich verschränkte die Arme.

»... dass ich gestern so abweisend war. Ich musste einfach meine Arbeit machen.«

Ich starrte aufs Meer, die Sicht war beschissen. Wie hatte es vorige Nacht so weit kommen können? Ich hatte ihm Dinge erzählt, die ich lieber für mich behalten hätte. Wir sind uns körperlich näher gekommen, als gut für mich war. Ganz zu schweigen, was die emotionale Seite anging.

»Mach dir nichts draus.« Der Wind verschluckte meine Worte.

Aurelios Gesicht tauchte neben mir auf. Er lehnte sich über die Metallstangen. Auch er hatte offensichtlich nicht viel geschlafen, aber er lächelte. »Magst du Kaffee?« Er hielt mir einen Pappbecher vor die Nase. »Friedensangebot?«

»Hm.« Ich brummte, nahm den dampfenden Becher entgegen. »Erzähl mir alles, oder du kannst dir dein Friedenskrimskrams sonst wo hin schieben.«

Er zog die Augenbrauen hoch. »Hoppla ...«

»Und komm mir nicht mit irgendeiner Verschwiegenheits-Bla-bla-bla. Ich will wissen, was los ist und ob es was mit Amelie zu tun hat.«

»Glaubst du, dass sie doch nicht so unschuldig ist?«

»Nein!«

»Schon gut. Ich erzähle dir, soviel ich eben verraten darf. Mehr oder weniger.«

»Ganz von vorne anfangen, bitte«, fügte ich hinzu.

»Langsam, Romy.«

Seine Stimme klang kratzig und er brach ab. Kurz befürchtete ich, dass ich zu fordernd gewesen war. Selbst für seinen Geschmack. Doch dann erzählte er mir seine Version der gestrigen Geschehnisse.

»Wie gesagt, der Kapitän wusste von mir auf der Fähre und nach meiner Suche nach den Drogenschmugglern. Er wusste es, weil ich ihn dazu befragt hatte. Ich dachte, es wäre möglich, dass er irgendetwas davon mitbekommen hat, doch das war nicht der Fall. Später - seine Leute stapelten die Kisten im Frachtraum - fiel eins der Dinger runter und ein merkwürdiges Pulver kam zum Vorschein. Man muss dazusagen, dass die Fähren oft auch zu Postzwecken verwendet werden. Leute geben dort Pakete ab, die auf anderen Inseln empfangen werden. Unkompliziert und ohne viel Papierkram.«

»Was war das für Pulver? Etwa Cocain?«

Aurelio nickte. »Der Schnelltest sagt ja. Ich habe also Proben genommen, mir alles näher angesehen, die Kabine versiegelt. Es sind insgesamt zwei Kilogramm von dem Zeug.«

»Das ist eine ganze Menge.«

»Ja. Fingerabdrücke gab es leider keine. Hier bin ich auch nicht gerade gut ausgestattet. Das müssen meine Kollegen auf Flores wiederholen und alles Relevante ins Labor schicken. Ist schon veranlasst.«

»Und Amelie?«

»Auf sie deutet aktuell nichts hin.«

Ich schaute ihn fragend an.

Er wiederholte sich. »Wirklich nicht, okay?«

»Wer sollte das Paket entgegennehmen? Was denkst du, wer steckt dahinter?«

»Dazu kann ich dir nichts sagen.«

»Wo sollte das Paket abgeholt werden?«

»Das werde ich dir auch nicht verraten.«

»Warum?«

Er schnitt eine Grimasse. »Meine Kollegen und ich kümmern uns darum, okay?« Aurelio schaute aufs Meer hinaus. »Das wird ja richtig ungemütlich. Gehen wir lieber rein.«

Ich ließ nicht locker. »Wie geht es weiter? Musst du jetzt woanders hin?«

»Also erst einmal würde ich uns Frühstück organisieren, was meinst du? Wir müssen rein ins Trockene.« Er nahm mich an der Hand. »Anschließend werde ich noch mit der Crew reden und dann legen wir wie vorgesehen auf Flores an. Das Zeug wird nach Lissabon ins Labor geschickt und untersucht. Das dauert. Und was meine anderen Indizien angeht, das lass mal meine Sorge sein. Wir beide suchen weiter nach Amelie.«

Kapitel 4

Die Blumeninsel
Noch drei Tage

Von Flores sah ich beim Anlegen unserer Fähre überhaupt nichts, denn es regnete und stürmte, als ginge die Welt gleich unter. Die Insel schien auf den ersten Blick wie ausgestorben. Aurelios Netzwerk war beeindruckend. Kaum hatte das Schiff angelegt, und er mit dem örtlichen und einzigen Polizisten das weitere Vorgehen geklärt, zuckte er sein Handy, und fünfzehn Minuten später hatten wir einen privaten Leihwagen. Ich beeilte mich, ins Auto einzusteigen, war aber ohnehin schon pitschnass.

»Warum leihen wir uns nicht offiziell einen Wagen?«, fragte ich und wischte mir das Wasser aus dem Gesicht.

»Weil ich privat mit dir hier bin«, sagte er und startete den Motor.

»Was?«

»Okay, also vielleicht habe ich etwas übertrieben, was dich und Amelie angeht.« Er ließ den Scheibenwischer auf höchster Stufe laufen, dennoch sah ich kaum den Parkplatz. »Die Indizien hätten niemals die Finanzierung einer groß angelegten Suche gerechtfertigt. Meine Vorgesetzten glauben, dass der Nachbar, der Amelie Rosner angezeigt hat, ein hitziger Vollidiot ist.« Er äffte eine tiefe Stimme nach. »Für Nachbarschaftsstreitereien sind wir nicht zuständig. Melden Sie sich wieder, wenn Sie eindeutige Beweise haben.« Er seufzte, steuerte den Wagen vom Parkplatz. »Da kann ich genauso gut Überstunden abbauen und dich begleiten.«

»Und deine Vorgesetzten fanden das okay?«

Er zuckte mit den Schultern. »Die lassen mir im Moment noch freie Hand. Irgendwann wollen sie natürlich Ergebnisse sehen.«

»Du bist also ganz privat mit mir hier hergefahren«, wiederholte ich.

»Yip.«

»Wieso?«

»Zum einen, weil ich die Nase gerade gestrichen voll habe von meinem Job.« Er betonte die letzten Worte wie im Hohn. »Ich spüre, dass hier etwas Großes im Gange ist. Noch muss ich abwarten, bis sich mehr davon zeigt, bevor ich richtig aktiv werden kann.«

»Aber die Drogen auf der Fähre. Die ändern doch die Situation. Musst du dem nicht nachgehen?«

»Ich werde dir keine Details verraten, Romy. Egal, wie süß du mich anlächelst.«

Ich stöhnte auf. »Aber du bist zur Vernunft gekommen, dass Amelie nicht dein dicker Fisch ist, oder?«

»Ich gehe prinzipiell allem nach, um nichts zu übersehen. Mehr sage ich dazu nicht.« Nach einer Pause fügte er hinzu. »Du hast mein Interesse geweckt. Deswegen bin ich mit dir hier.«

Ich zuckte innerlich zusammen. Was will er denn damit sagen? Ich wollte nicht nachfragen. »Wegen einer vertrockneten Marihuana-Pflanze muss man auch nicht gleich ein SEK schicken«, sagte ich stattdessen.

Ich beobachtete, wie sich seine Lippen zu einem amüsierten Schmunzeln verzogen.

»Ich will dir helfen, deine Freundin zu finden. Und Flores besuche ich immer wieder gern. In der Zwischenzeit erledigen meine Kollegen die Kleinarbeit. Mein Gefühl sagt mir, dass ich Geduld brauche und meinen Ideen folgen muss.«

»Welchen Ideen?«

Er schwieg.

»Glaubst du, Amelie ist etwas passiert?« Das war schier unvorstellbar! Aber unmöglich war es nicht. »Dann wäre eine Suche ja sehr wohl gerechtfertigt.« Meine Stimme klang angespannt. Hier und jetzt in diesem Weltuntergangsszenario sah alles dramatisch und bedrohlich aus. Der Regen prasselte auf die Scheibe.

»Ist es denn typisch für sie, dass sie sich nicht mehr meldet?«

»Ganz und gar nicht.« Ein Felsbrocken legte sich auf meinen Magen. »Scheiße. Vielleicht ist sie doch entführt worden.«

»Das ist unwahrscheinlich, und danach sieht es auch nicht aus. Eher so, als ob sie nicht gefunden werden möchte.«

Aurelio ließ die kleine Küstenstadt hinter sich. Über schmale Straßen führte der Weg stetig nach oben. Der Regen hatte aufgehört, dafür fuhren wir nun durch eine einzige, riesige Wolke.

»Ich glaube, das wird dich gleich überraschen.«

»Was denn?«, fragte ich.

Die Nebelschwaden wichen wie Vorhänge, erste Sonnenstrahlen bahnten sich ihren Weg zu uns durch. Die Weltuntergangsstimmung verschwand, wie eine Erinnerung aus längst vergangenen Zeiten. Wie ein Traum.

»Das gibts nicht«, sagte ich.

»Das ist unser Wetter hier. Alle Jahreszeiten in einem Tag, das ist nichts Außergewöhnliches.«

Wir erreichten die gegenüberliegende Seite von Flores. Das Meer funkelte, der Wind peitschte hohe Wellen auf, doch wir fuhren im Windschatten. Ich begriff, wie klein die Insel war, wenn man von der Ost- zur Westseite, kaum vierzig Minuten Fahrtzeit hatte.

Dieser Inselmikrokosmos zauberte mir ein Lächeln auf die Lippen. »Wo bringst du mich hin?«

»Noch eine Überraschung.«

»Aber ich bin ja total nass. Du auch. Sollen wir uns nicht erst was Trockenes anziehen?«

»Hast du einen Bikini dabei?«

Ich blieb wie angewurzelt auf dem Trampelpfad stehen und staunte. So eine bezaubernde Naturgewalt! So etwas hatte ich noch nie gesehen. »Wie hoch ist der?«

Wasser rieselte in einer schmalen Säule vom Berg herab. »Der sieht ja aus wie der Angel Fall in Venezuela!«

»Habe ich zu viel versprochen? Also ganz so hoch wie der Angel Fall ist er nicht, aber immerhin neunzig Meter.«

»Wow!« Der Wasserfall stürzte über eine Klippe herab, doch ein Windstoß fuhr hinein und versprühte die Wasserfäden zur Seite, sodass der Fall für einen Augenblick unterbrochen war und das Wasser irgendwo in der Vegetation ringsum verschwand. Ein magischer Anblick. Eine Inselgöttin, deren Kleid vom Wind verweht wurde.

»Komm. Es wird noch besser.«

Aurelio führte mich den Pfad entlang. Nach zehn Minuten erreichten wir die Stelle, wo der Wasserfall die Erde berührte. Wir waren die einzigen Besucher. Das Wasser fiel auf einen Felsvorsprung, der aus der Entfernung nicht zu sehen gewesen war. Hier bildeten sich Dutzende neue Wasserfälle, die in einen natürlichen Pool stürzen. »Das ist ja wie bei Tarzan und Jane«, staunte ich beeindruckt.

»Ich sagte doch, du brauchst einen Bikini.« Er hob eine Augenbraue. »Oder auch nicht, ich meine, du kannst auch einfach ...«

»Das hättest du wohl gern.« Ich verschwand im Blätterdickicht und zog mir die nassen Klamotten vom Körper. Ich schlüpfte in meinen roten Bikini, den ich in meiner Handtasche verstaut hatte. Nur mit einem Hauch von feuerrotem Stoff bekleidet, trat ich wenig später aus dem Versteck hervor.

Ich spürte seine Blicke auf meiner Haut, als ich mich langsam in den hellgrünen Pool gleiten ließ. Ich genoss es, dass er mich musterte und kaum seine Augen von mir nehmen konnte. Mein Herz schlug kräftig, meine Lippen pulsierten. Anmerken ließ ich mir nichts. Das Wasser war angenehm kühl und ich tauchte einmal mit dem Kopf unter. Als ich wieder auftauchte, war Aurelio aus meinem Sichtfeld verschwunden. Ich schwamm zum Wasserfall, streckte meine Hand aus, spürte die Kraft des Wassers auf mich niederprasseln. Ich versank in Gedanken, schaute nach oben.

»Gefällt es dir?«, fragte Aurelio, der hinter mir aufgetaucht war.

Ich drehte mich mit einer Schwimmbewegung um. Er stand am Rand. Das Wasser reichte ihm bis knapp unter den Bauchnabel. Obwohl es kühl war, wurde mir schlagartig heiß. Sein Body war sexy, keine Frage. Braungebrannte, glatte Haut, Muskeln überall dort, wo sie hingehörten, ohne wie ein Bodybuilder zu wirken. Mein Herz schlug schneller. Ich bewegte mich zu einem der Steine am Poolrand, als wollte ich mich aus der Schussrichtung bringen. Er stieg langsam zu mir herein. Ich konnte nicht anders, als jeden seiner Schritte genau zu beobachten. Das Wasser umfing seinen Nabel, die Muskeln darüber, die Brustwarzen, seine Arme. Ich wand mich unbewusst, gleich einer Wassernixe, als er auf mich zuschwamm.

Sein Blick verriet einiges. Wache Augen, voller Begehren. Er sah mich an, als wollte er gleich über mich herfallen.

Unterhalb meines Bauchnabels prickelte es heftig. Ich krallte mich am Stein fest und befürchtete, gleich die Kontrolle zu verlieren. Mein Spiel, das ich so liebte, schien mittlerweile eher mich zu beherrschen. Ich durfte mich nicht schon wieder gehen lassen. Gucken erlaubt, anfassen nicht.

Also sah ich ihn an. Seine Augen schienen mich zu verschlingen, aufzufressen, während er immer näher auf mich zukam. Mein Herz klopfte wie wild, eine Stimme in mir raunte: Den Zweck mit ein bisschen Spaß zu verbinden, ist doch völlig legitim! Viel mehr noch, mein Ziel auch noch lustvoll zu erreichen, das klang fantastisch. Eine andere Stimme, leise aber von Furcht erfüllt, flüsterte: Nicht der Sex ist das Problem. Aber Sex mit diesem Kerl ist hochgefährlich. Du bist zu emotional!

»Und?«, fragte ich, riss mich fort aus meinem inneren Konflikt.

Er schwamm jetzt dicht vor mir, sein Kinn unter der Wasseroberfläche. »Hm?«

»Wie viele Frauen hast du hier drin schon verführt?« Es klang herausfordernd und süß. Obwohl ich es genauso beabsichtigt hatte, fühlte es sich vorhersehbar, abgenutzt und falsch an.

Es schien ihn jedoch nicht zu stören. »Ich berufe mich auf das Zeugnisverweigerungsrecht.«

Ich lächelte. Er hatte Humor. Er war sexy und aufregend. Der würde mir wirklich noch Probleme bereiten.

»Was ist?«

»Nichts«, sagte ich und ließ mich wieder ganz ins Wasser gleiten, schwamm ein paar Züge und brachte so mehr Abstand zwischen uns.

»Du bist wirklich eine gute Schauspielerin. Oder eine miserable, ich weiß es noch nicht.«

Ich zog eine Schnute, direkt ihm entgegen, wollte witzig überspielen, wie unsicher ich mich im Moment fühlte.

»Ich meine, ich werde einfach nicht schlau aus dir, dabei habe ich es jeden Tag mit Menschen, Lügnern, Opfern und Intriganten zu tun. Für gewöhnlich kann ich Leute gut in Schubladen stecken. Aber bei dir?« Er sah mich eindringlich an, als wäre ich ein Forschungsobjekt. »Du bist anders.«

»Ich werde selbst nicht schlau aus mir«, platzte ich gegen meinen Willen heraus. Normalerweise hätte ich es niemals zugegeben, aber mir ging es mit ihm genauso. Er war nicht nur oberflächlich attraktiv, er war ein echt interessanter Kerl. Ein rares Exemplar, ein Tiger, der ungestüm und intensiv war, wie ich. So einen traf man selten oder nie.

»Ich glaube, es ist deine Schutzmauer, warum ich dich nicht begreife«, sagte er nachdenklich.

Ein Stich zuckte durch meine Eingeweide. Seine Worte, wie ein giftiger Pfeil. Unbeabsichtigt, doch nicht minder schmerzhaft.

»Du kennst mich nicht«, zischte ich und schlang instinktiv die Arme um mich, so als würde ich frösteln.

»Nein, aber ich kenne mich. Und wir sind uns in manchen Dingen sehr ähnlich.«

Ich strampelte mit den Beinen, schwebte auf derselben Stelle im Wasser und fixierte ihn gedankenversunken. Meine Hände kneteten meine Oberarme so fest, dass es weh tat. Den Gefallen würde ich ihm nicht tun. Ich würde weder mein echtes Höschen noch mein Seelisches vor ihm verlieren. Mein Kiefer verspannte sich. Ich öffnete die Arme, kühles Lagunenwasser umfing mich erneut und ich schwamm auf ihn zu. Eine Tigerin, im Angriffssprung. Doch kurz bevor unsere Nasen sich berührten, hielt ich inne. »Weil wir beide gerne Sex hier drinnen hätten?«

Sein Adamsapfel bewegte sich. »Vielleicht.« Seine Stimme klang leise und belegt, doch er fing sich überraschend schnell. »Ich will dir helfen, deine Freundin zu finden.«

»Gut. Wo fangen wir an? Kennst du jemanden auf Flores, der uns unterstützen kann? Du kennst auf den Inseln ja jeden.«

»Zuvor musst du anfangen mir zu vertrauen und mir erzählen, was du weißt, oder was du wirklich willst.«

»Was meinst du? Ich habe dir alles erzählt.«

Er zog eine Augenbraue hoch.

»Na ja, fast alles.«

»Du bist ein Mädchen, das flunkert, Romy. So viel habe ich durchschaut. Du erhoffst dir etwas von Amelie, ich sehe es in deinen Augen glitzern. Ich habe kein Problem damit, dass du mich benutzt.«

Wie er das Wort aussprach. Mir wurde heiß und kalt. Mein Magen verkrampfte sich.

»Aber entweder du weihst mich ein, oder ich kann dir nicht helfen.«

Den Sonnenuntergang von einer kleinen Bar am Hafen aus zu beobachten war wunderschön. Der Himmel färbte sich von Lila zu Orange. Der Kellner servierte uns Muscheln.

»Typisch Azoren«, sagte Aurelio. »Kennst du die schon? Nein? Du musst sie probieren!«

Ich war kein sonderlicher Muschelfan und zögerte anfangs. Aurelio ließ nicht locker. Er träufelte etwas von der beiliegenden Zitrone auf eine der Teile und gabelte das gummiartige Ding auf. Er hob die Gabel und führte sie zu meinem Mund. »Du darfst als erste probieren.«

Ich öffnete den Mund. Neben der Säure schmeckte ich Knoblauch. Das war's. Ich schaute ihn entschuldigend an und zog die Schultern hoch. »Bisschen zäh.«

Er schien nicht beleidigt zu sein, dass ich sein Nationalgericht verschmähte. Ganz im Gegenteil. Er wirkte glücklich, gelöst, und völlig verändert zu dem Aurelio, der mir wenige Tage vorher sein Knie in den Rücken gerammt hatte. Selbst, dass ich ihm gegenüber weiterhin so verschlossen blieb, schien er gelassen hinzunehmen. Er verriet mir aber schließlich auch nicht alles. Er schaute gen Sonnenuntergang und nippte an seinem Weißwein.

Ich überlegte, ob jetzt ein guter Moment war, ihn nochmals um seine Hilfe zu bitten. Meine Suche nach Amelie geriet ins Stocken. In meine Geheimnisse einweihen würde ich ihn dennoch nicht. Das konnte er vergessen. Aber ich brauchte sein Know-how.

»Hör mal«, fing ich an. »Ich könnte wirklich deine Hilfe gebrauchen.«

Er runzelte die Stirn. Weiter kam ich nicht. Seitlich schoss ein Mann auf uns zu. »Aurelio!« Und rief irgendwas auf Portugiesisch, sodass ich mal wieder nichts verstehen konnte.

Aurelio sprang hoch und wechselte ein paar Sätze mit dem Unbekannten. Dessen beeindruckende Lockenmähne reichte ihm bis über die Schultern. Er hielt eine Akustik-Gitarre in der Hand.

Nach einiger Zeit stellte Aurelio uns einander vor. Zum Glück wechselte von hier an das Gespräch auf Englisch. »Das ist mein guter Freund Juan. Er ist Fischer und nebenberuflich Musiker.« Er wandte sich wieder an ihn. »Spielt ihr heute Abend?«

»Ja!« Juan strahlte und deutete zur gegenüberliegenden Seite der Terrasse. Dort stand ein kleines Schlagzeug und diverse andere Musikinstrumente, Verstärker und Stative. »In einer Stunde fangen wir an.«

»Da haben wir ja Glück.«

»Ich hoffe, das Wetter spielt mit«, sagte Juan und verzog seinen Mund. »Für heute Nacht sind die nächsten Unwetter angesagt.« Er schüttelte den Kopf. »Dabei ist Corvo immer noch vom Rest der Welt abgeschnitten, jetzt seit über einer Woche! Seit dem Sturm funktioniert dort gar nichts mehr. Teilweise kein Strom, kein Handynetz. Und wenn der nächste Orkan aufzieht, wird das so schnell nichts mit den Reparaturen.«

Corvo? Mein Gehirn arbeitete auf Hochtouren und mein Magen verkrampfte sich. Was wollte mein Gefühl mir mitteilen? »Corvo ist eine Insel?«, vergewisserte ich mich.

Juan schaute mich an. »Ja, eine Stunde Bootsfahrt von hier. Die Einheimischen hat es ganz schön erwischt. Dabei sind die einiges an Unwetter gewöhnt.« Er wandte sich wieder an Aurelio und lachte. »Nicht wie so eingebürgerte Festlandratten, wie du! Aber im Ernst, die Leute sind verzweifelt, weil sie niemanden erreichen. Heute habe ich ihre Nachrichten als handschriftliche Briefe mitgenommen. Das ist ja wie im Mittelalter ...«

Ich hörte nicht mehr zu. Das bedrückende Gefühl in meinem Bauch wurde stärker. Corvo. Irgendwoher kannte ich diesen Namen. Dann fiel es mir wieder ein. Es hatte in den Notizen gestanden, die ich am Anreisetag in ihrem Haus durchsucht hatte. »Ich muss nach Corvo«, schoss es aus mir heraus.

Juan und Aurelio sahen mich beide überrascht an.

Juan sagte. »Daraus wird so schnell nichts. Die gängigen Passagierboote haben ihren Dienst vorerst eingestellt. Erst wenn das nächste Tief vorbeigezogen ist, aber das kann dauern.«

»Aber du hast doch ein Boot, du bist Fischer. Könntest du mich fahren?«

»Ich schipper da auch nicht raus, Perle, bei so einem Wetter. Außerdem habe ich frei. Länger frei.«

»Shit.«

»Warum willst du so unbedingt auf diese Insel?«, wollte Aurelio von mir wissen. »Was hast du mit Corvo zu tun?«

Sein todernster Blick irritierte mich. »Mit Corvo zu tun? Keine Ahnung. Es ist nur so ein Gefühl. Vielleicht ist Amelie dort.«

»Äh, ich gehe dann mal.« Juan verabschiedete sich. »Ich muss die Gitarre stimmen und die Mannschaft einsammeln. Wir hören uns.«

Die Sonne war schon längst hinter dem Horizont verschwunden, letzte Schlieren tünchten den Himmel in dunkles Lila und verschwammen ins Schwarze. Die Bar neben uns füllte sich. Die Leute unterhielten sich angeregt, Touristen vermischten sich mit Einheimischen. Kerzen auf den Tischen und Lichtergirlanden hüllten die Terrasse in ein romantisches Licht. Juan kündigte die Band auf Englisch an, vielleicht wegen der ausländischen Gäste. »Keine Angst«, fügte er hinzu. »So crazy, wie die letzte Band hier, wird es heute nicht werden. Ich hoffe ihr mögt *Metallica*. Damit starten wir.« Der erste einer Reihe kräftigerer Windstöße wehte über mich hinweg, ließ die Girlanden baumeln, genau als die Band die Anfangsklänge von »*Nothing Else Matters*« anstimmte.

E-Gitarren-Töne mischten sich mit dem Rauschen des Meeres. Der Moment hätte sich wie echter Urlaub anfühlen können. Die tiefe Stimme des Sängers. »So deep, no matter how far ...« Und die Luft, die nach Sommer und Wildblumen roch. Der Wind streichelte meine Unterarme wie eine Mutter, die ihr Kind beruhigen will. Doch ich wippte nervös mit dem Fuß. Meine Gedanken an Amelie und Corvo waren so aufdringlich und laut, dass ich den Moment gar nicht genießen konnte.

Kann es sein, dass sie auf dieser Insel feststeckt und sich nicht hat melden können? Doch wie zum Teufel hätte sie dort landen sollen?

Aurelio brauchte ich nicht um seine Meinung fragen. Warum hatte er so merkwürdig reagiert? Zum Glück hatte er nicht weiter nachgefragt. Jetzt galt seine volle Aufmerksamkeit der Band. Er wippte mit seinem Knie im richtigen Takt zur Musik, seine Lippen bewegten sich zum Text, und seine Finger spielten auf einer imaginären Gitarre.

Ohne ihn war ich aufgeschmissen, begriff ich in diesem Moment. Irgendwann musste ich ihn wohl doch einweihen.

Es folgten portugiesische Lieder, die sich nach Schmuserock anhörten, die ich aber nicht kannte. Bestimmt ging es um die Liebe. Darum drehte sich doch immer alles. Ich atmete tief durch. Die Liebe konnte mir gestohlen bleiben. Das ganze Trara deswegen hatte ich noch nie kapiert. Dafür verstand ich umso mehr von gutem Sex.

Ich schaute wieder zu Aurelio hinüber, der nach jedem Song ausgiebig klatschte und der Band zupfiff.

Er war bestimmt auch begabt, was Sex betraf. Ich leckte mir über die Oberlippe. Was wir alles zusammen erleben könnten. Hitze loderte in meinem Unterleib.

Ich presste die Lippen aufeinander. Meine Gedanken drängte ich zurück, sperrte sie in einen imaginären Raum und schloss die Tür ab.

Amelie. Auf sie musste ich mich konzentrieren. Ich lehnte mich im Stuhl zurück, lockerte meine Schultern in kreisenden Bewegungsübungen. Zumindest hatte ich jetzt eine Idee, wo ich nach ihr weitersuchen konnte. Mit jedem Lied entspannte ich mich ein bisschen mehr.

Ich bestellte ein neues Bier. Juans Stimme dröhnte aus den Lautsprechern. »Aurelio! Hast du Lust, einen Song mit uns zu performen?«

Ich richtete mich schlagartig auf.

Aurelio wirkte nicht überrascht. Lässig formte er eine Handbewegung, als wolle er sagen »Du meinst mich?« Wie viele Aurelios gäbe es auf dieser Mini-Insel?

»Komm schon her!«, rief Juan ins Micro.

Aurelio erhob sich, trottete auf die Bühne. Juan drückte ihm seine E-Gitarre in die Hand.

»Das ist mein Freund Aurelio«, kündigte Juan an. »Unser Slash auf den Azoren. Ihm fehlt nur der Zylinder!«

Aurelio schüttelte lächelnd den Kopf, streifte sich den Gitarrengurt über und stimmte die Gitarre mit wenigen Handgriffen. Erste Power-Riffs klangen aus den Boxen.

»Sweet Child o´ mine!«, schrie Juan, dann erklangen die typischen Töne von *Guns n´ Roses*. Aurelio wippte von einem Bein aufs andere. Die Augen hielt er geschlossen. Er sah aus wie in Trance. Gleichzeitig sah ich ihm an, wie er sich konzentrierte. Er presste seine Lippen aufeinander. Seine Wangen erröteten, was auch am bunten Scheinwerferlicht liegen konnte. Der Beat fuhr in meinen Körper. Ich wippte mit den Schultern im Takt und trommelte mit den Handflächen am Tisch. Aurelio schmetterte das Gitarren-Solo in die Saiten. Ich bekam eine Gänsehaut. Eine elektrisierende Welle durchströmte mich. Aurelios Freude war ansteckend. Mein Herz schlug mit seiner Musik. Eigentlich war Rockmusik und verzerrter Gitarrensound nicht so mein Geschmack, aber jetzt schenkte es mir ein Gefühl der Leichtigkeit.

Eine Windböe fegte über den Platz. Es donnerte. Oder war es nur die Basedrum? Der Wind nahm weiter zu. Am Nachbartisch wehte es die Menükarte davon.

Letzte Töne drangen aus den Boxen, der Schlagzeuger preschte zum Abschluss in die Becken, das Publikum klatschte Beifall. Auch ich bejubelte die Band. Ich sprang sogar auf.

»Aurelio! Das war ja der Hammer!« Dieser Typ verdutzte mich immer wieder.

Der Wind wehte mir die Haare ins Gesicht. Ich schob die Strähnen zurück hinter das Ohr, aber der Sturm wirbelte sie von neuem herum.

Es fiel Aurelio sichtlich schwer, die Gitarre an Juan zurückzugeben. Er bedankte sich mit einem angedeuteten Kopfnicken beim Publikum und kam auf mich zu.

»Der absolute Wahnsinn!«, schrie ich.

»Ich hatte gar nicht geübt«, sagte er. »Aber es war ganz okay.«

Erste, dicke Tropfen klatschten auf meine Haut.

Er blickte hoch, seine Stirn glänzte ein wenig vom Schweiß. »Gleich schüttet es. Mist.« Er schaute mit mitleidigem Blick zur Band.

»Ich muss dir etwas sagen«, platzte es aus mir heraus. »Du hattest Recht, mein Besuch war nicht als Urlaub geplant.«

Er wirkte alarmiert, schwieg jedoch.

Mehr Regentropfen trafen mein Gesicht.

»Ich will etwas Wichtiges von Amelie.«

»Und was?«

»Es ist moralisch nicht ganz einwandfrei, deswegen ...«

»Jetzt sag schon.«

Ich atmete tief ein. »Ich brauche ihre Hilfe. Es geht um meinen Job. Sonst kann ich meine Karriere knicken. Alles oder nichts.«

Ein Donnern unterbrach mich. Stuhlbeine kratzten über den Steinboden, die Gäste eilten davon. Ein Gitarrenakkord klang wie Katzengejammer und verstummte abrupt.

Der Sturm fing gerade erst an mit seinem wütenden Tanz.

»Warum ausgerechnet Corvo?«, wollte Aurelio von mir wissen. Sein Blick ernst, die Stimme angespannt. So hatte ich ihn seit dem Zwischenfall auf der Fähre nicht mehr erlebt. Nur weil ich diese Insel erwähnt habe.

»Aurelio, ist alles okay bei dir?«

»Sag mir die Wahrheit und ich verspreche dir, ich werde fair sein.«

Das beruhigte mich überhaupt nicht. Was war nur mit ihm los?

Er lehnte am Küchenherd - die Ferienwohnung hatte er natürlich über einen Freund organisiert - und schaute mich prüfend an. Draußen regnete es unaufhörlich.

»Ich habe eine Notiz bei Amelie gefunden. Da stand Corvo drauf.«

Vertraue nur dir selbst.

Ich war dabei, meinen wichtigsten Grundsatz über den Haufen zu werfen. Mit angrenzender Sicherheit würde ich diese Bauchentscheidung bereuen. Vor allem, weil sich Aurelio plötzlich so komisch verhielt. Doch welche Wahl hatte ich? Ich musste Aurelio in mein Geheimnis einweihen.

Kein Rückzieher jetzt.

»Du wolltest doch wissen, was ich in Amelies Haus gesucht habe.«

»Ja.«

»Ihr Notizbuch. Amelie schreibt dort alle wichtigen Kontakte und Ideen rein. Es ist ihr Schatz. Obwohl die Chancen, es zu finden, schlecht standen - denn sie trägt es ständig in ihrer Handtasche durch die Gegend - wollte ich es dennoch probieren. Als ich alleine in ihrer Wohnung war. Einen Versuch war es wert.«

»Aha.«

»Natürlich würde ich sie viel lieber finden und persönlich um Hilfe bitten. Wenn sie mir freiwillig hilft ...« Ich warf ihm einen prüfenden Blick zu. Aurelio wirkte weder schockiert noch verärgert, eher erleichtert. Das fand ich zwar komisch, doch ich erzählte weiter. »... dann ist eine echte Empfehlung tausendmal mehr wert. Mit ihrem Notizbuch alleine, hätte ich improvisieren müssen. Das war mein eigentlicher Grund, Amelie zu besuchen. Ich brauche ihre Hilfe.«

Vielleicht war sein moralischer Kompass genauso verbogen wie meiner.

»Du brauchst also eine Telefonnummer oder Adresse von einem Regisseur, bei dem du dich beworben hast?«

»Ja, so könnte man es ausdrücken. Ich will ein Vorsprechen. Ich will diese Rolle. Ohne Beziehungen ist es schwierig.«

»Und Amelie anrufen und danach fragen wäre nicht gegangen?«

»Nach allem, was zwischen uns passiert ist, hätte Amelie mir niemals einfach so die Kontaktdaten gegeben. Ich musste herkommen, mich ihr wieder annähern. Hat ja alles nicht so gut geklappt.«

»Und Corvo?«, flüsterte er. Er druckste herum, als wüsste er nicht, wie er es formulieren sollte. »Damit hast du an sich nichts zu tun. Oder Terceira?«

»Nichts zu tun? Was meinst du damit? Sorry, aber ich kapiere jetzt gar nichts mehr.«

Er atmete tief durch, seine Schultern entspannten sich. Er wischte mit der Hand durch die Luft. »Schon gut.« Er blieb mir eine Erklärung schuldig. »Scheint mir nur ein unrealistisch großer Aufwand, nur für einen Kontakt.«

»Du kapierst nicht, wie das Business funktioniert, in dem ich arbeite. Das meiste läuft hinter verschlossenen Türen und Rollen werden nach persönlichen Vorteilen und Gefallen vergeben. Schauspielerinnen haben schon viel mehr getan, um einen Job zu bekommen. Oder gelitten ... Schon mal von MeToo gehört?« Ich lachte hektisch auf. »Natürlich will ich jetzt in erster Linie wissen, ob mit Amelie alles okay ist. Ich muss sie einfach finden. Auch wenn wir in letzter Zeit nur sporadisch Kontakt hatten. Sie war damals meine beste Freundin. Ich hoffe, ihr ist nichts Schlimmes passiert.«

Er nickte. »Klingt kompliziert zwischen euch beiden. Da muss ja einiges schief gelaufen sein.« Er zog sein Handy aus der Tasche, wählte, drückte es mit dem Display aufs Ohr. »Ich werde sehen, wie ich dir helfen kann ... Juan? Habt ihr fertig abgebaut? Ja, so ein Kackwetter. Hör zu. Du musst uns morgen nach Corvo bringen.«

Der Regen trommelte heftig gegen die gläserne Terrassentür. »Vielleicht zieht das Tief morgen ab.« Aurelio wanderte den Küchenboden auf und ab und zog eine finstere Miene. »Klingt nicht gut.« Er legte auf. Mir zugewandt, zuckte er mit den Achseln. »Juan meint, frühestens übermorgen. Du musst dich gedulden.«

»Nicht meine Stärke ...« Die Zeit wurde knapp. Ob meine Vermutung mit Corvo stimmte, blieb offen. Amelie konnte genauso gut verschleppt worden sein. Ein Schauer lief mir den Nacken hinunter. An diese Möglichkeit wollte ich erst gar nicht denken. Ich starrte in den Regen hinaus.

»Woher kennst du Amelie überhaupt?«

Überrascht sah ich zu ihm hinüber. »Wir waren Freundinnen auf der Realschule. Filme waren unsere gemeinsame Leidenschaft. Sie wollte ihre Ge-

schichten erzählen, ich schauspielern. Sie wurde sehr schnell erfolgreich, hatte Glück, traf die richtigen Leute ...«
»Und du?«
»Was denkst du wohl.«

Kapitel 5

Corvo
Noch 16 Stunden

8:00 Uhr.
Juan hatte recht behalten mit dem Wetter. Am übernächsten Tag nahm er uns in seinem Speedboot mit. Er hielt mir die Hand zum Einsteigen hin. »Das Boot habe ich mir extra für Touristen-Exkursionen zugelegt«, sagte er auf Englisch. »Ein nettes Zubrot.«

Ich wählte einen Sitzplatz am Rand des überdimensionierten Schlauchboots. Die Wasseroberfläche schimmerte. »Wie in einem Aquarium.« Fische erregten meine Aufmerksamkeit und lila-glänzende Teile, die auf der Meeresoberfläche trieben.

»Was sind das für durchsichtige Blasen? Die treiben ja überall!«

Ich reckte den Kopf weiter über den Rand hinaus.

»Portugiesische Gallere«, erklärte Juan, während er den anderen Passagieren aufs Boot half.

»Was?«

»Eine Quallenart, die hier vorkommt, wenn das Meer sehr warm ist. Zehn Meter lange Tentakel, sehr giftig und schmerzhaft.«

»Okay ...« Schlagartig setzte ich mich wieder aufrecht hin. »So viel zur Idee, hier Baden zu gehen. Das Wasser sieht so einladend aus.«

Juan verzog die Lippen und schüttelte den Kopf.

Vier junge Männer mit Werkzeugkoffern betraten das Boot. Mechaniker, dachte ich und schaute Juan dabei zu, wie er ihr Material sicher verstaute. Viel Stauraum gab es nicht. Ich erinnerte mich an seine Info, dass die Strom- und Handymasten auf Corvo repariert werden mussten. Ich war anscheinend nicht die Einzige, die dringend dorthin wollte.

Aurelio hievte unsere Sachen ins Boot und stopfte sie in die letzten freien Ecken. Neben seinem normalen Gepäck hatte er einen riesigen Rucksack dabei.

Ich nahm mir vor, ihn später zu fragen, was drin ist. Juan startete den Motor. Aurelio eilte zum Sitz neben mir, dann düsten wir los. Das Speedboot hielt sein Versprechen, was die Schnelligkeit anging. Wir fegten mit einem Affenzahn über das Wasser. Juan steuerte dicht an der Küste von Flores entlang. Wind und Wassertröpfchen flogen in mein Gesicht. Wasserfälle flossen die Steilhänge hinunter. An einem Felsen, der wie ein Torbogen aussah, bremste Juan ab. Wir schipperten durch das Loch in der Mitte des Bogens. Das Meerwasser schimmerte hier in leuchtendem Türkis. Ich erkannte jeden einzelnen Stein unter der seichten Wasseroberfläche. Dahinter ragten hochhausgroße Felssäulen wie Reißzähne aus dem Meer. Aurelios Freund steuerte uns dicht zwischen den Säulen hindurch. Ein Wasserfall rieselte im hohen Bogen auf die Meeresoberfläche. Juan hielt direkt darauf zu. Ich öffnete meinen Mund und fing einige seiner Tröpfchen auf. Juan ließ sich an den schönsten Stellen Zeit. Er fuhr mit dem Boot in eine Grotte. Wir zogen unsere Köpfe ein und staunten. Von unten schimmerte es türkisfarben aus dem Wasser. Wellen schwappten sanft hin und her. Die Höhlenwände funkelten im Licht der dadurch entstehenden Lichtreflexionen. Ich erkannte eine winzige Öffnung am Ende der Höhle, durch die Sonnenlicht eindrang und allem Anschein nach für das Lichtspiel verantwortlich war.

Rückwärts schipperte Juan uns aus der Grotte heraus. Der Sightseeing-Teil war beendet. Juan gab Gas und wir fegten aufs offene Meer.

Aurelio schaute mich versonnen an. »Bist du beeindruckt?«

»Ja!«, schrie ich gegen den Wind an. »Das war unglaublich! So etwas habe ich noch nie zuvor gesehen!«

»Dann warte ab!«

Die ganze Fahrt über spritzte mir immer wieder Meeresgischt ins Gesicht. Sonnenstrahlen und der milde Wind trockneten jeden Spritzer blitzschnell ab. Zurück blieben Salzkristalle an den Härchen auf meiner Haut.

Corvo rückte näher. Mit jeder Welle, die gegen den Schiffsrumpf knallte, schmerzte mein Rücken mehr.

Eine Dreiviertelstunde später betrat ich den Minihafen von Corvo. Ich atmete erleichtert auf. Mein ganzer Körper schien immer noch von der langen Fahrt zu vibrieren.

»Endlich wieder fester Boden«, sagte ich zu Aurelio.

»Was willst du jetzt anstellen?«

»Ähm, was meinst du mit anstellen? Also ein Familienausflug wird das nicht. Wir müssen Amelie suchen. Nur wo?« Auf dieser Reise lief schließlich nichts wie geplant.

Die Handwerker packten ihr Werkzeug auf die Ladefläche eines Pick-ups. Touristen näherten sich den zwei einzigen Taxen am Hafen. Wahrscheinlich der ganzen Insel.

»So groß ist das hier nicht«, bestätigte Aurelio meinen ersten Eindruck. »Wenn Amelie hier ist, laufen wir ihr sowieso über den Weg.«

»Ich finde, wir sollten das strategisch angehen.«

»Andere Idee. Wir schnappen uns ein Taxi und fahren zum Krater. Den musst du gesehen haben. Er ist heute nicht in Wolken gehüllt. Das ist etwas Besonderes.«

»Ich bin nicht hier, um irgendeine Aussicht zu genießen, Aurelio!«

Fältchen bildeten sich um seine Augen. Er sah enttäuscht aus.

Ich blieb stur. »Wir sollten jedes Hotel und jede Bar abklappern, ihr Foto zeigen ... oder hier am Hafen warten, falls sie ablegen will ...«

»Und die Flugzeuge?«

Ich hob die Augenbraue. »Hier gibt es einen Flughafen?«

»Ja. Eine verdammt kleine Start- und Landebahn, die kleinste, die ich je gesehen habe, aber ja. Es gibt einen Flughafen.«

Ich seufzte auf. Mein Gesicht verfinsterte sich.

»Vertrau mir einfach.« Aurelio lächelte mich an. »Wenn sie hier ist, dann finden wir sie ganz automatisch. So läuft das hier auf Corvo.«

Was sollte ich darauf noch erwidern? »Na gut.« So war das, wenn man Menschen vertraute, ihnen das Zepter überließ. Damit ging mir jede Kontrolle verloren. Ich bezweifelte, dass seine Strategie aufgehen würde. »Aber wehe, wenn das nicht klappt.«

Alle Touristen hatten dasselbe Ziel: Den Kraterrand. Klar, das war das einzige Highlight der winzigen Insel. Schnell begriff ich, dass Corvo Leute anzog, die ein Robinson-Crusoe-Erlebnis suchten. Mit uns waren zwei Pärchen und eine Alleinreisende auf der Insel angekommen.

Aurelio und ich verabschiedeten uns von Juan, der versprach, unser Gepäck bei Freunden auf der Insel zu deponieren. Zusammen mit der Singlereisenden erwischten wir das letzte verfügbare Taxi.

Der Fahrer startete gemächlich den Wagen und tuckerte die Straße durch Vila do Corvo entlang, der einzigen Ortschaft hier.

Ich kratzte an den Fingernägeln herum. Es machte mich nervös, dass nichts nach meinen Wünschen lief und dann auch noch im Schneckentempo. Besser, ich hielt dennoch die Klappe.

»Das ist die kleinste, bewohnte Insel der Azoren«, sagte Aurelio. »Sogar eure deutsche Mini-Insel Spiekeroog ist etwas größer als Corvo.«

»Und viele Menschen leben hier wohl auch nicht.«

»Das stimmt. Ich glaube, es sind gerade einmal vierhundertdreißig Einwohner.«

Ich schaute aus dem Fenster. Das Meer zog an mir vorbei, in der Ferne erspähte ich Flores. Von hier aus wirkte die Blumeninsel ebenfalls winzig, dem Wind und Wetter des Atlantiks hilflos ausgesetzt. Wir fuhren bis zur anderen Seite des Eilands. Nun begriff ich, warum diese Schlaufe notwendig gewesen war. Wir umrundeten das Rollfeld des Flughafens, anschließend durchquerten wir das Zentrum von Vila do Corvo. Eine Ansammlung weißer, schnuckeliger Häuser mit orangenen Dächern. Dann schlängelten wir uns über Serpentinen den Berg hinauf. Ich erhaschte nochmal einen Blick auf den Flugplatz. »Hier würde ich nicht landen wollen.«

»Das können auch nur kleine Maschinen. Die Bahn ist außergewöhnlich kurz.«

»Genau von einem Ende der Insel zur anderen. Eine knappe Sache.« Die Natur gab die Begrenzung vor.

Der Anblick Corvos war atemberaubend. Hortensien blühten auf beiden Seiten der Straße. Weideflächen erstreckten sich den Vulkanhang hinauf. Die Hortensienbüsche bildeten dabei natürliche Zäune. Sie teilten die Flächen in mehr oder weniger gleichmäßige Quadrate und Rechtecke auf.

Meine Nase klebte an der Scheibe. »Das sieht ja irre aus.«

»Corvo ist meine Lieblingsinsel.« Aurelio räusperte sich. »Wenn ich alt bin, möchte ich hier wohnen.«

»Erst wenn du alt bist?«

»Na ja, dann wenn man lieber Ruhe und Einsamkeit haben möchte.«

Klar, dieses Naturschauspiel war faszinierend. Aber hier wohnen? Nie und nimmer. »Das wäre nichts für mich.« Noch mehr hügelige Graslandschaft zog an mir vorbei. »Und ich glaube kaum, dass ich im Alter etwas anderes möchte als jetzt. Entweder du bist ein ruhebedürftiger Mensch oder eben nicht.«

Ich hielt inne. Alles fühlte sich merkwürdig vertraut mit ihm an. Auch, wenn wir nicht immer gleicher Meinung waren. Wir redeten wie alte Freunde miteinander, auf der anderen Seite prickelte es ständig in meinem Bauch, wenn meine Gedanken unanständig abdrifteten. Eine Sache brannte mir auf der Seele und ich spuckte sie endlich aus. »Ich fand es übrigens komisch, wie du reagiert hast.«

»Was meinst du?«

»Als ich sagte, ich will auf Corvo nach Amelie suchen. Was war los?«

Er kratzte sich am Kinn. »Hm.«

»Ich kenne dich mittlerweile, Aurelio. Zumindest

so gut, dass ich kapiere, wenn du mir Dinge verheimlichst, die mit mir zu tun haben. Bitte sag mir, was los war.«

Er zögerte noch eine Weile, bis er langsam mit der Sprache herausrückte. »Erinnerst du dich, als ich dir nicht verraten wollte, wohin das Drogenpaket geliefert werden sollte?«

Ich nickte.

»Es gab zwei Adressen. Wir wissen nicht, welche davon die Empfänger - welche die Absenderadresse ist. Bei einer ging es jedenfalls um Corvo.« Er beobachtete meine Reaktion. »Und du schlägst ausgerechnet diese Insel vor.«

»Oh.« Ich runzelte die Stirn. »Und du dachtest sofort wieder, dass ich was damit zu tun haben könnte? Amelie und Romy, die Drogenschmugglerinnen?«

»Naja, also ... nein.« Er seufzte. »Aber vielleicht, dass doch deine Freundin verwickelt sein könnte. Ist ein komischer Zufall, findest du nicht?« Er zuckte die Schultern. »Jedenfalls wollte ich sowieso Corvo abchecken, und wusste nicht, wie das mit unserer Suche nach Amelie zusammenpassen würde. Und dann kommst du damit daher.«

Ich zog eine Augenbraue hoch.

»Meine Kollegen prüfen gerade die andere Adresse.«

»Die da wäre?«

Er lächelte mich an und schüttelte den Kopf. »Verrate ich nicht. Sorry Romy.«

Nach zwanzig Minuten Fahrt erreichten wir den Aussichtspunkt. Die Sonne schien. Alles wirkte wie ein lauer Sommertag, doch weit gefehlt. Ich öffnete die Tür, eine Windböe brauste mir entgegen, der Türgriff entglitt meiner Hand. Ich stemmte meinen Oberkörper gegen den eindringenden Wind, schob mich hinaus, blinzelte zur aufgerissenen Tür. Haare wirbelten wie kleine Tornados vor meinen Augen herum. Mit viel Kraft wuchtete ich die Autotür wieder zu.

Auf den Azoren bedeutete Sonnenschein nicht automatisch gutes Wetter. Diese temperamentvolle Brise - die mir normales Laufen in Richtung Krater enorm erschwerte - bildete das beste Beispiel.

Während Aurelio den Taxifahrer bezahlte, erhaschte ich einen ersten Blick auf dieses Touristenhighlight.

»Wie geil ist das denn?« Ich staunte.

»Habe ich zu viel versprochen?«

Diesen Ausblick würde ich wohl nie mehr vergessen. »Es ist der Hammer!«

Aurelio, die anderen Touristen und ich standen am Kraterrand und schauten in die Caldera. Ich hatte gewusst, dass Corvo eine Vulkaninsel ist. Dennoch realisierte ich erst jetzt, dass ich auf einem verdammten Vulkan stand! Es war jedoch nicht furchteinflößend, es war sensationell! Dieser Krater erinnerte mich an einen überdimensionalen Eierbecher. Natürlich ohne Ei. Weideflächen in allen Grüntönen durchzogen dessen Mulde, also die Caldera. Kühe faulenzten im windverwehten Gras und kauten genüsslich vor sich hin. Am Boden der Caldera erstreckte sich ein See. Verspielt, als hätte ein

Maler einen blauen Klecks in die Natur gezaubert. Insgesamt ein Anblick, als schaute ich auf ein Gemälde der modernen Kunst. Der geometrische Mix aus angeordneten Rechtecken, von hellgrün bis olivfarben im Kontrast zu runden Formen, wie der Krater selbst und der See.

»Hörst du das?«, fragte Aurelio.

Ich spitzte die Ohren. Der Wind trug rätselhafte Geräusche mit sich. Sie stammten nicht von Kühen oder dem sich biegenden Gras. Sie gehörten nicht hier her.

»Spielen die da unten Gitarre?«

Ich entdeckte, was er meinte. Am Kraterboden, am Rande des Sees stand eine Gruppe. Der Sound klang schräg.

»Komm mit.« Aurelio deutete auf einen schmalen Pfad. »Das schauen wir uns an.«

Ich kletterte hinter ihm her. Je näher wir den Gestalten kamen, desto mehr Töne spielte uns der abnehmende Wind zu. Ich erkannte es immer deutlicher. Dort unten musizierte eine ganze Band.

Der Weg führte erst hinab und später am Kraterboden entlang. Die Böen verebbten im Windschatten. Ich wich Kuhfladen aus und stolperte weiter hinter Aurelio her, der zielstrebig auf die Musiker zulief. Vor ihnen sprang eine Frau hin und her. Ihre braunen Haare wirbelten herum. Sie hantierte mit Stativen und weißen Schirmchen.

»Ist das Amelie?«

Die Lautstärke schwoll an. Gitarre, Cajon, Bass, Gesang, alles akustisch und dennoch verdammt laut.

Ich rümpfte die Nase, gleichzeitig musste ich grinsen. »Aurelio?«

»Ja?«

»Ist deine Spürnase aktiv?«

»Ich rieche es auch.«

Marihuana lag in der Luft.

»War ja klar. Versprich mir, dass du niemanden festnimmst. Zumindest noch nicht. Wir sind privat hier.«

Er drehte sich im Gehen zu mir um, betrachtete mich einen Moment lang schmunzelnd und mit hochgezogener Augenbraue.

»Ich meine ja nur!«

Mit jedem Schritt hörte ich die Musik klarer. Wenn man sie als das bezeichnen mochte. »Was ist das für eine Musikrichtung?«, fragte ich. »Klingt schrecklich!«

»Ja! Furchtbar!« Er schüttelte auffällig den Kopf. »Eine Mischung aus Reggae und psychodelischem Scheiß?«

»Machen die ein Musikvideo?«

»Sieht ganz danach aus.«

Vier Gestalten in Outfits, die an die Siebziger erinnerten, posierten mit ihren Instrumenten vor der Kamera. Der Gitarrist mit Zöpfen, der Sänger mit auffälligem Papagei-Tattoo auf der nackten Brust, geschlossenen Augen und tiefer Stimme. Er ruderte beim Singen mit den Armen, als wollte er in eine andere Dimension abheben. Bassist und Cojonist rundeten das Gesamtbild einer verrückten Band ab.

Abgelenkt stieg ich in einen Kuhfladen. »Fuck.«

Die Musik brach ab.

»Romy?«

Ich balancierte auf einem Bein, das andere schüttelte ich in der Luft, doch die Kuh-Kacke löste sich nicht.

»Romy?«

Amelie riss mich in die Arme, wobei ich gefährlich ins Schwanken geriet. »Wo kommst du denn her?«

»Ähm. Ich habe dich gesucht. Überall.«

»Es tut mir so leid! Wie hast du mich gefunden?«

»Das ist eine lange Geschichte.«

Sie musterte mich von oben bis unten. »Geht es dir auch gut?«

»Von der Kuh-Kacke abgesehen?«

»Es tut mir wirklich leid. Da waren diese Engländer spontan auf den Azoren, die brauchten ein paar Musikvideos zu ihren neuen Songs, ... alles hat sich verselbstständigt. Die wollen nämlich groß rauskommen, und dann hat es so einen Spaß gemacht. Wenn ich nicht zufällig Zeit gehabt hätte ... also sowas von naiv, aber schau sie dir an ...« Sie lachte. »Ach, ich schweife ab.«

»Auf São Miguel hast du jedenfalls Eindruck hinterlassen. Deine Spur aus Drogen und verrückten Musikern konnte ich zum Glück verfolgen.« Ich nickte zu den Bandmitgliedern hinüber, die sich gerade Kippen ansteckten und Bierdosen öffneten.

»... die wollten außergewöhnliche Schauplätze, und was eignet sich besser als das hier?« Amelie fuchtelte mit den Händen herum. »Eins kam zum anderen, und wir landeten hier, und ich wollte dich anrufen, aber dann kam der Sturm und seither ...« Sie klatschte die Handflächen zusammen. »Die Leitungen waren tot. Keine Chance. Nada.«

»Tja, das ist scheiße.«

»Es tut mir so leid. Ich wollte es rechtzeitig zurückschaffen. Ich habe mir Sorgen um dich gemacht, da warst du ganz alleine auf São Miguel!«

»Ja, leider ...«

»Du musst mir alles erzählen, wie du mich gefunden hast und ...«, sie kam ganz nah auf mich zu, ihr Blick huschte zu Aurelio, der sich just mit der Band bekannt machte. »Wo hast du ihn aufgegabelt, der ist ja zum Anbeißen.«

»Ja ... auch das, eine lange Geschichte. Erzähle ich dir gerne bei einem Wein, oder so.«

»Klingt toll. So, nun stell ich dich erst einmal der Band vor.«

»Aha.«

Amelie schob mich herum wie eine Schachbrettfigur. So wie früher. Wenn sie als Regisseurin oder Kamerafrau arbeitete, agierte sie immer wie auf

Koks. Aufgedreht und bossy, ganz anders als unter vier Augen.

Sie stellte mich vor. Charly, der Sänger, Mike, der Bassist, den Rest der Namen konnte ich mir nicht mehr merken. »Hi«, sagte ich tonlos und mit einem erzwungenen Lächeln. Auf Englisch redete ich weiter. »Schön, euch zu treffen. Eure Musik ist ja echt ... also das ist ja mal was. Toll!«

Aurelio grinste mich über die Schulter hinweg an, als könne er meine Gedanken lesen.

»Schluss für heute, alles im Kasten«, verkündete Amelie. Die Bandmitglieder nickten zustimmend. »Ich packe mal mein Zeug zusammen.«

»Da bist du dieses Mal mit Minimalbudget unterwegs, wie ich sehe?« Ich blieb ihr dicht auf den Fersen. Gespräche unter Frauen waren nicht meine Stärke. Welche, wovon meine Zukunft abhing, noch weniger. Ich schwitzte. Lag es an der Sonne, dem Windschatten inmitten des Kraters oder an meinen strapazierten Nerven?

»Ja, du kannst dir vorstellen, dass sich diese Musiker keine ganze Crew leisten können. Mich können sie sich auch nicht leisten, aber ich werde am Umsatz beteiligt, so der Deal.« Sie schnaubte kurz auf, als könnte sie selbst nicht daran glauben, je einen Euro für ihre Arbeit zu sehen. »Also kein Maskenbildner, keiner fürs Licht ... zum Glück war das Wetter top heute. Leider etwas zu sonnig für wirklich gute Aufnahmen, aber okay.«

»Ihr dreht also morgen nochmal.«

»Nö. Ich muss wieder zurück.« Sie packte ihre Monster-Kamera in eine schwarze Box. »Aber es war eine lustige Erfahrung, und so verrückt diese Typen sind, es war irgendwie ehrlich und authentisch. Ganz anders als sonst in der Branche.«

»Aha.« Ich schob die Grasbüschel unter meinen Schuhen hin und her. Der Zeitpunkt hätte nicht schlechter sein können, das wusste ich. Wäre alles so gelaufen, wie eigentlich geplant, hätte ich viele Tage Zeit gehabt, mich an Amelie anzutasten. Ihr Vertrauen zu gewinnen. Jetzt blieb mir nichts anderes übrig, als mit der Tür ins Haus zu fallen. »Ich bin wirklich froh, dich gefunden zu haben. Zum Glück ist dir nichts passiert.«

»Mir was passiert? Auf den Azoren? Sorry Romy. Ich wollte nicht, dass du dir Sorgen machen musst.«

»Ja ... Kann ich dich was fragen?« Ich wischte mir den Schweiß von der Stirn.

»Klar.«

»Ich hätte gerne einen besseren Moment gewählt, doch ich stehe unter Druck. Die Bewerbungsfrist läuft heute Abend ab, und ich befürchte, ohne deine Hilfe schaffe ich es nicht.«

Sie hielt inne, richtete sich auf und sah mich ausdruckslos an. »Was brauchst du?«

»Einen Kontakt. Du kennst den Regisseur, und ich wäre dir für eine Empfehlung echt dankbar. Bei mir läuft es mies, ich bin mal ganz ehrlich.«

Ihre Mimik änderte sich, als hätte sie in etwas Unappetitliches gebissen.

Ich holte weiter aus. »Es läuft übel und wenn dieses Casting nichts wird, kann ich zukünftig in einem Supermarkt schaffen gehen. Ich habe nicht viel vorzuweisen, ohne Beziehungen bekomme ich die Rolle nicht.«

Sie hielt inne, sah mich einen quälend langen Moment an und runzelte die Stirn.

»Die Konkurrenz ist krass«, lamentierte ich weiter. »Alles läuft ausschließlich über die richtigen Kontakte.« Ja, ich wiederholte mich. »Das wäre vielleicht mein Durchbruch. Und wir sind doch so gute Freundinnen.« Autsch. »Ich revanchiere mich natürlich.«

Wieder dieser abschätzige Blick von ihr.

Und dann sagte sie einfach: »Nö.«

Ich zuckte zusammen. Hatte ich mich verhört? Ich fasste mir an die Wange, als hätte sie mir eine Ohrfeige verpasst.

»Kommt gar nicht infrage.« Sie wandte sich wieder ihrer Ausrüstung zu.

»Warum?«, fragte ich atemlos. Im Augenwinkel sah ich Aurelio, der genau zwischen mir und der kiffenden Band stand.

»Meine Kontakte sind mitunter das Wichtigste an meinem Job.«

»Eben! Du verstehst mich also!«

»Ja-ha.« Sie klang schrill.

Mein Herz klopfte schneller, auf meiner Stirn bildete sich immer mehr Schweiß.

»Schön, dass du ehrlich sein willst«, sagte sie trocken. »Etwas spät vielleicht. Jetzt bin ich auch mal ehrlich. Ich hatte mich schon gewundert, warum du dich nach so langer Zeit plötzlich meldest. Gefreut hatte ich mich trotzdem.« Sie feuerte mir einen verachtungsvollen Blick entgegen, dann schob sie ein Stativ zusammen. »Aber jetzt ist mir alles klar. Ich wollte es nicht wahrhaben ...«

»Was meinst du?«

»Und ich hatte noch ein schlechtes Gewissen, dass ich dich auf Ponta Delgada versetzt habe. Jetzt habe ich einmal mehr die Bestätigung, dass du mich nur ausnutzen willst.«

»Das stimmt nicht! Ich wollte dich auch wiedersehen.«

»Auch?« Sie schnaubte. »Wenn du bis auf die Azoren reisen musst, bist du wahrscheinlich echt am Arsch.«

»Amelie, bitte ...«

»Falls du jetzt auf die Tränendrüse drücken willst wie früher, mir von deiner armen enttäuschten Mutter erzählst – bestimmt auch alles Lüge – dann flippe ich aus.«

»Das ist keine Lüge.« Aber einmal mehr Bestätigung, dass die Wahrheit tausendmal gefährlicher ist als jede Unwahrheit.

»Ach, und die traurige Geschichte über die kleine Romy, die niemand sieht, die nach Aufmerksamkeit lechzt, doch eigentlich warst du immer nur das Werkzeug deiner Mutter, von der du dich nie befreien konntest.«

Ich biss mir auf die Zunge.

»Sag mal, als wir damals der Theatergruppe beigetreten sind. Was war deine wahre Motivation?

Deiner Mutter gefallen? Die Jungs beeindrucken? Dein eigener Wille kann es nicht gewesen sein. So etwas hattest du wahrscheinlich noch nie.«

Mir wurde schlecht. An Schlagfertigkeit mangelte es mir sonst nicht, jetzt fehlten mir die Worte. Ich fühlte mich wie in der Zeit zurückversetzt. Keine Tigerin, sondern ein Kätzchen, das einen Tritt kassiert hatte. Das war, bevor ich gelernt hatte, in die Offensive zu gehen. Emotionale Tiefschläge dieser Art kannte ich. Heute wusste ich mich zu wehren, oder nicht?

»Romy, ich hatte ehrlich gehofft, du hättest dich weiterentwickelt. Aber das hast du nicht. Überlege mal, warum, und lass mich in Ruhe.«

Sie ließ mich abblitzen. Hier stand ich also, auf einer winzigen Insel im Atlantik, mit Kuh-Kacke am Schuh, vor mir Aurelio, der Verursacher für meine peinlich-dünne, emotionale Schutzmauer. Überlegte er, das gesamte Pack wegen Drogenkonsums zu verhaften? Mir wurde schwindelig. Diesen Kampf hatte ich endgültig verloren.

Kapitel 6

Die Abfuhr
Noch 13 Stunden

11:00 Uhr.

Schweißgebadet erreichte ich als erste den Aussichtspunkt am Kraterrand, der genauso windig war, wie zwei Stunden zuvor. Keine Spur von den anderen Touristen oder einem Taxi.

»Fuck! Fuck! Fuck!«

Ich fuchtelte mit den Händen in der Luft herum. Jetzt erreichte auch Aurelio den Parkplatz. Er musste denken, dass ich durchdrehte. Vielleicht wurde ich wirklich verrückt. Besser er lernte gleich meine schlimmsten Seiten kennen. Dann hatte er eine gute Begründung, mich links liegen zu lassen. So, wie all die Männer vor ihm, die einen Blick hinter meine Fassade erhascht hatten. Das waren nicht viele gewesen und doch hatte sich jedes Mal herausgestellt, dass sie nur die sexy Schauspielerin für eine Nacht, höchstens für ein paar Wochen, wollten. Nett zum Herumzeigen, zu kompliziert für etwas Festes.

Ich wünschte, der Wind würde mich packen und davon wehen, hinaus aufs endlose Meer. Eine salzige Träne rann mir in den Mundwinkel.

»Romy!«

»Ich will dich jetzt nicht sehen!«

Laut fluchend rannte ich in Richtung Straße. Aurelio folgte mir. Nach ein paar Metern blieb ich abrupt stehen, drehte mich mit geballten Fäusten zu ihm herum. »Dieser verdammte Vulkan! So eine bescheuerte Insel!« Mein ganzer Körper schmerzte vor Anspannung. »Explodiert gerade mein komplettes Leben? Ich dachte, ich hätte das alles zurückgelassen. Fuck!« Ich geriet schier außer Kontrolle, konnte nur noch schreien.

Aurelio atmete schneller als sonst. Er schwitzte zwar nicht - im Gegensatz zu mir - doch seine gewohnte Coolness schien abhandengekommen zu sein. Er hob beschwichtigend die Hand vor sich, ganz Polizist, einer der zu deeskalieren versuchte. »Beruhige dich.«

»Wo ist das Taxi? Ich will hier nur noch weg!«

»Hm«, entgegnete er. »Ich kann versuchen, die Nummer raus zu suchen ...« Seine Hand fischte nach seinem Handy in der Hosentasche. Er hielt inne. »Aber zuvor sollten wir drüber sprechen, was dort unten passiert ist.«

Ein weiterer Schrei wie von einem Brüllaffen entfuhr mir. Ich fuhr herum und lief die Straße bergab, ohne zurückzusehen. Reden. Das war das Letzte, was ich wollte.

»Lass mich dir helfen!«, schrie er mir nach.

Ich dachte nicht daran, stehenzubleiben. »Da gibt es nichts mehr.«

Als ich Stunden später in Vila do Corvo ankam, schmerzten meine Hüft-, Kniegelenke und Füße. Schmerzen waren eine ideale Ablenkung von seelischem Leid. Besser noch. Mein Wutanfall war einem Plan gewichen. Es hatte nur etwas gedauert, bis ich wieder klar denken konnte.

Ich entdeckte Aurelio in einem Café am Meer. Er beobachtete die sanften Wellen im Hafen mit einem Bier in der Hand. Ich blieb einen Moment lang stehen. Ihn durfte ich nicht in meinen geplanten moralischen Fehltritt einweihen. Amelie war selbst schuld, wenn sie mir nicht helfen wollte.

Vorsichtig näherte ich mich ihm.

»Bist du den ganzen Weg gelaufen?« Aurelio beäugte mich, als könne jeden Moment der Wahnsinn von Neuem aus mir herausbrechen.

Ich nahm es ihm nicht übel. »Die Bewegung tat gut.« Ich atmete tief durch und schaute aufs Meer, wo die lila Häubchen der Portugiesischen Gallern trieben. Sie waren wie ich. Hinterhältige Miststücke. Aber sie überlebten und vermehrten sich prächtig. Ein wahres Erfolgskonzept also.

Er nickte. »Setz dich doch.«

»Und du hast ein Taxi gerufen?« Ich setzte mich in den Stuhl neben ihn. »Ich war so in Gedanken, dass ich gar nicht bemerkt habe, wer an mir vorbeifährt.«

»Ja. Ich dachte, du brauchst deine Ruhe.«

»Ja. Danke dir. Sorry, dass ich so eine Bitch war, aber das musste ich erst verdauen.«

»Willst du denn jetzt darüber sprechen?«

Ich schüttelte den Kopf. »Ich hab das abgehakt«, log ich.

Für einen Moment herrschte Stille. Eine Stimme in mir flüsterte: Weih ihn ein! Sprich mit ihm!

Eine andere hielt dagegen: Du hast gerade erst wieder erlebt, wie gefährlich die Wahrheit sein kann. Wie verletzlich es dich macht!

Aurelio riss mich aus den Gedanken. »Ich habe uns eine Unterkunft für die Nacht besorgt.«

»Echt?«

»Wir kommen heute nicht mehr weg, die letzte Fähre ging vor einer halben Stunde.«

»Okay ...«

»Ich hoffe, du magst es dort, viel Auswahl gibt es nämlich nicht.« Er machte eine Pause. »Die Gefahr wird groß sein, dass du Amelie über den Weg läufst. Sie hat das Zimmer neben uns.«

In meinem Kopf ratterte es. »Ach, echt?«

Zufrieden bestellte ich ein Bier.

Die Pension lag idyllisch am Hang, oberhalb von Vila do Corvo. Das familiäre Fischrestaurant im Erdgeschoss verströmte köstlichen Duft, im ersten Stock lagen die spartanisch eingerichteten Gästezimmer.

19:30 Uhr.

Ich saß mit Aurelio an einem runden Tisch auf der Terrasse des Restaurants, zwei Weingläser vor uns. Die Sonne verschwand langsam hinter dem Meer und färbte die Insel Flores in orangefarbenes Licht. Unter anderen Umständen hätte ich das hier genossen. Ich hätte mich an Aurelio rangeschmissen und mit ihm einen besonderen Abend verbracht. Einen, wo keine Wünsche offenblieben. All dieses oberflächliche Begehren rückte jedoch in den Hintergrund, denn, auf der anderen Seite der Veranda saß Amelie, inklusive der Band. Sie wirkten so fehl am Platz wie Kühe auf dem Mars. Dass sie sich für Rockstars hielten, war unübersehbar: Jede Menge Schnaps, öffentlicher Drogenkonsum, rücksichtsloses Gegröle. Fehlte nur noch das Zertrümmern der Einrichtung, ein Rausschmiss oder ein Polizeieinsatz. Für Letzteres konnte Aurelio sicher sorgen, der blieb jedoch erstaunlich ruhig.

»Willst du wo anders hin zum Essen?«, fragte er mich.

»Nein, hier ist es nett.« Ich lächelte, um meine Worte zu unterstreichen.

Seine Reaktion war deutlich. »Hm«, brachte er hervor und rückte ein Stückchen mit dem Stuhl weg. Nachdenklich schaute er aufs Meer.

Das war inzwischen zur Routine geworden. Ich log ihn an oder hielt Informationen zurück, er bemerkte das und begegnete mir wie ein Tiger, der erkannte, dass seine Spezies eben doch Einzelgänger waren. Maximal zu schnellem Sex in der Lage. Gefrustet versteckte sich der Tiger im Dickicht.

Es schmerzte meine Seele, das zu erkennen. Ich wollte ihn nicht beleidigen oder deprimieren. Das nervte nur.

Was bin ich nur für ein Weichei geworden?

Widerwillig wandte ich mich an ihn. »Ich hätte nicht gedacht, dass ihre Reaktion so krass wäre«, flüsterte ich. Er erwartete scheinbar jedoch eine plausiblere Erklärung. »Die Verbindung zwischen Amelie und mir ..., sagen wir nach unserer Schulzeit war sie eher zweckmäßig. Das stimmt schon. Sie hat mir das öfter vorgeworfen. Dass ich mich nur melde, wenn ich was brauche und so ...«

Er sah mich schweigend an.

»Ja, ich weiß. Ich bin eine miese Freundin und habe es voll verdient. Trotzdem ...«

»Nein. Hast du nicht.«

Er legte seine Hand auf meinen Rücken, begann ihn zu streicheln. Seine warme Berührung tat so gut.

»Wurdest du früher schlimm verletzt?«

Ich runzelte die Stirn. Warum hakte er schon wieder nach?

Er konkretisierte seine Frage. »Ich meine, irgendwas muss ja passiert sein, dass du eine derartige Schutzmauer brauchst. Darüber rätsele ich jetzt schon eine Weile.«

»Ich weiß nicht, was du meinst. Das ist kein gutes Thema.«

Er zuckte die Schultern. »Ist mir klar. Amelie hat da nur etwas angedeutet ..., wurdest du arg enttäuscht?«

Ich knurrte in mich hinein. »Du meinst von mir selbst? Meiner Mutter oder Typen, wie dir?« Ich atmete tief durch, sah aufs Meer, dann wieder ihn an. »Tut mir leid. Das war ungerecht.«

»Ja, schon ein bisschen. Aber nicht gänzlich.« Er grinste. Seine Hand blieb an meinem Rücken.

Ich lächelte zurück. »Du hast nicht unrecht. Die Tatsache, dass die Menschen um mich herum ausschließlich etwas aus mir herauspressen wollten, hat mich verkorkst. Meine Mutter hatte wenig Interesse an mir – bis heute – mehr daran, dass ich den Traum für sie erfülle, der ihr selbst verwehrt geblieben ist. Was meine Schuld war. Natürlich.« Ich verdrehte die Augen. »Freundinnen hatte ich kaum. Ich verstehe mich seit frühester Kindheit besser mit Männern als mit Frauen. Wobei mit ersteren erst, seit mir Brüste gewachsen sind. Interesse an mir als Person? Fehlanzeige. Also warum sich das nicht zum Vorteil machen?«

Aurelio nickte. »Lieber die anderen benutzen, als selbst ausgenutzt werden.«

»Wenn du es sagst, klingt es wirklich schlimm.«

»Nein, es leuchtet ein. Entschuldigst du mich kurz?« Er stand auf und ging ins Haus.

Ich sah ihm nach. Die Sonne verschwand hinter dem Horizont. Amelies Lache vom Nebentisch war nicht zu überhören, richtig laut und demonstrativ. Ich dachte an den Streich, den sie mir damals gespielt hatte. An dieser Enttäuschung hatte ich lange zu knabbern gehabt, das war Amelie wahrscheinlich nicht einmal bewusst. Mein Magen grummelte. Wie sehr sie sich verändert hatte. Sie schaffte es meisterhaft, mich zu ignorieren. Wollte sie es mir heimzahlen? Mit öffentlicher Missachtung?

Ich vermisste seine Berührung. Das Atmen fiel mir schwer. Lag das Gewicht eines Rindviehs auf meinem Brustkorb? Das alles geschah mir ganz recht. Außerdem wurde ich schlicht zu alt für diesen Intrigen-Scheiß, der in der Branche nicht unüblich war. Ein Job beim Discounter. Vielleicht gar nicht so übel. Für die Psyche ohnehin gesünder als eine Welt im Schein und Rampenlicht. Ich zog den Mundwinkel schief. Nein, ich hatte einen Plan und bevor der nicht scheiterte, dachte ich nicht daran, aufzugeben.

Wo bleibt denn Aurelio? Wie lange brauchten Männer zum Pinkeln?

»Noch einen Weißwein, bitte.«

Dunkelheit legte sich über das Meer. Eine Lichtergirlande erwachte zum Leben. Ich nippte am Glas. Kühle Luft zog den Hang hinauf, an meinen Fußgelenken entlang. Ich fröstelte.

»Hey.«

»Da bist du ja wieder. Wo warst du so lange?«

Aurelio setzte sich und lächelte mich bestens gelaunt an. »Ich habe Hunger. Wollen wir uns eine Fischplatte teilen?«

22:30 Uhr.
Ich war so weit. Eine Flasche Wein in der Birne, etwas Fisch im Magen und das Grölen der Band von nebenan im Ohr.

»Die führen sich ja auf ...«, merkte Aurelio an. »Wie die größten Inselaffen. Peinlich.«

Ich wippte mit meinem Fuß.

Er fuhr fort: »Wobei, ein Engel war ich auch nie.«

»Sag echt.«

»Als Jugendlicher in Lissabon habe ich viel Scheiß gebaut. Einmal sind wir in ein abgesperrtes Baugelände geschlichen. Der Kran war nicht gesichert und ich setzte mich rein. Ich zog - total betrunken - an den Hebeln und plötzlich knallte es.«

»Was ist passiert?«

»Der Kran war beladen gewesen. Ich hatte die Kralle gelöst und ein schweres Teil flog vor mir auf ein parkendes Auto. Das war komplett eingedrückt. Hinüber.«

»Saß jemand drin?«

»Nein. Zum Glück nicht.«

»Und dann?«

»Wir sind schleunigst abgehauen.«

»Und dann dachtest du, cool, ich werde Polizist?«

Er schmunzelte. »Ja, so ähnlich. Na ja, meine Zeit als Jugendlicher war nicht immer so amüsant. Ich glaube, du bist in guter Gesellschaft, was das verkorkst sein angeht.«

»Warum, was war bei dir los? Hat dir jemand das Herz gebrochen?«

Er lächelte geheimnisvoll. »Nichts, was nicht auch anderen passiert wäre. Ich bin ein Scheidungskind und keiner meiner Elternteile fühlte sich für mich verantwortlich.«

»Wie, niemand hat sich um dich gekümmert?«

»Meine Mutter ist zurück nach Deutschland abgehauen. Ich habe sie erst als Erwachsener wieder gesehen. Mein Vater nahm mich mit nach Lissabon. Unsere gemeinsame Zeit auf den Azoren war vorbei. Ich hasste es anfangs, wollte nach Hause, doch mein Vater machte Karriere in der Hauptstadt. Ich wurde älter und mein Vorwärtskommen bestand aus Drogen dealen.«

»Was?«

»Ja. Ich geriet in die falschen Kreise.«

»Krass. Wie bist du dann Polizist geworden?«

»Zum Glück hat mich nie jemand erwischt. Sonst wäre ich vorbestraft gewesen ... Na ja, es gab da ein paar Schlüsselmomente, die mich zur Besinnung gebracht haben.« Er sah mich bedeutungsvoll an. »Freunde sind gestorben ...«

»Das tut mir leid.«

Er schüttelte den Kopf. »Jetzt arbeite ich für die Guten.« Er grinste. »Und tue etwas Sinnvolles.«

»Aha. Wie ein Engelchen kommst du mir dennoch nicht vor«, hörte ich mich sagen. Meine Zunge war inzwischen schwer, ja, ich lallte sogar schon ein wenig.

Er lachte.

»Okay.« Ich klopfte unruhig mit den Fingern auf der Tischplatte. »Ich muss jetzt mal wo hin.«

Ich steuerte auf die Eingangstür zu, stolperte zur Rezeption und sah mich um. Kein Mensch da. Perfekt. Ich lief um den Tresen herum, vor dem Holzregal dahinter blieb ich stehen. Wie in einem alten Film hingen darin die Zimmerschlüssel sowie Ersatzschlüssel aufgereiht. Wie praktisch.

»Nummer 4, du gehörst mir.«

Ich schloss Amelies Tür auf. Es war leicht gewesen, herauszufinden, wo sie wohnte. Dem Wein sei Dank, schlug mein Herz nicht ganz so panisch, wie es der Situation angemessen gewesen wäre. Ich war eine Spionin, wie in einem Mission-Impossible-Film, besser, so wie Mata Hari, von der mir Aurelio erzählt hatte. Wie es mit ihr geendet war, verdrängte ich eilig. Noch blieb ich in der Tür stehen, lauschte, doch ich hörte nichts. Keine Schritte. Nur das gedämpfte Gelächter und Musik von draußen.

Gut. Also rein mit dir!

Auf Zehenspitzen betrat ich ihr Zimmer. Ich steuerte zielstrebig auf ihren Koffer zu. Er lag geöffnet auf einem Stuhl. Shirts. Hosen. Unterhosen. Ich blätterte in ihrer Wäsche, wie in einem Buch.

Nichts.

Das konnte ja nicht sein. Mein Mund wurde trocken. Jetzt wühlte ich förmlich nach diesem verdammten Notizbuch. Es war nicht da. Ich presste alles an seinen Platz und in seine Form zurück. Mehr schlecht als recht. Als Spionin fehlte mir offenbar die Übung.

Was tust du nur? Die Stimme in meinem Kopf meldete sich mahnend. Das ist selbst für dich eine neue Ebene der Fürchterlichkeit!

Ich biss mir auf die Lippe. Konzentriere dich! Ich sah mich im Zimmer um. »Der Nachttisch«, flüsterte ich und lauschte erneut in Richtung Flur. Alles schien okay. Ich zog die Schublade auf. Bis auf Taschentücher, leer. »Fuck. Wo hast du es nur?« Ich stieß den Atem aus. Weiter zum Schrank.

War das ein Knacken? Ich erstarrte, mein Herz trommelte nun doch wie verrückt. Mein Gesicht glühte.

Nein. Da ist nichts.

Ich musste mich beeilen. Ich zog den Schrank auf. Nichts. Ich riss die Kissen und Decken vom Bett. Nichts.

Entweder du hast es bei dir, oder …? Sie musste es bei sich haben. Wow, wie paranoid kann man eigentlich sein?

Aber dann fiel mir ein, dass sie jeden Grund zur Vorsicht hatte. In der Magengegend schmerzte es fürchterlich. Sodbrennen hatte mir gerade noch gefehlt.

»Shit.« Ich schmiss das Kissen zurück aufs Bett. Es flog zum Nachtkästchen und stieß die Lampe um. Krachend landete sie auf dem Boden. Ich hielt die Luft an. Richtig schlecht war mir zumute. Würde ich gleich entdeckt werden? Ich starrte zur Tür und lauschte. Das einzige, was ich hörte, war mein rasender Puls an den Trommelfellen meiner Ohren. »Oh Scheiße.«

Die Sekunden vergingen. Es blieb still. Ich erlaubte mir, vorerst aufzuatmen. Das war's. Ich musste schnellstmöglich hier raus. Notdürftig legte ich das Kissen zurück aufs Bett, strich es glatt und hob die Lampe auf. Auf Zehenspitzen tappte ich aus dem Zimmer, zog die Tür hinter mir zu, den Schlüssel hängte ich in das Schränkchen. Dann eilte ich zu meinem Platz neben Aurelio.

»Hey.« Ich keuchte wie eine untrainierte Bergsteigerin. »Da bin ich wieder.« Bis eben hatte ich gar nicht bemerkt, wie sehr ich schwitzte. Ich wischte mir über die Stirn. Wow, was für eine miese Spionin ich abgab.

»Warst du nochmal kurz am Krater oben?«

»Äh ...«

Am Nebentisch erhob sich Amelie. Ich vermied es, direkt hinzusehen. Mir war kotzübel.

»Ich bin hinüber«, hörte ich sie auf Englisch lallen. »Bitte führt euch nicht so schlimm auf heute, okay?« Sie stolperte Richtung Rezeption und verschwand im Eingangsbereich.

»Puh, das war knapp«, flüsterte ich.

»Was meinst du?«

»Ach ...« Ich seufzte. »Jetzt ist sowieso alles egal.« Ich ließ meine Schultern hängen. »Meinen Traum kann ich vergessen.« Ich vergrub mein Gesicht in den Händen. »Ich habe alles versucht und wenn du mich gleich verhaften willst, dann tu das.«

»Hast du was angestellt?«

»Ihr Notizbuch.«

»Was ist damit?«

»Es war nicht da.«

»Was, wo, wie?«

»Ich bin gerade in ihr Zimmer eingebrochen und habe danach gesucht.«

Aurelio wirkte nicht einmal überrascht. Amüsiert wäre das richtige Wort für seinen Gesichtsausdruck. »Aber selbst das war umsonst. Ich konnte es nicht finden.«

Wie er mich ansah. Als müsste er sich zusammenreißen, nicht loszulachen.

»Warum sagst du nichts?«

»Du meinst also, ich sollte dich festnehmen?« Sein Mundwinkel zuckte. Einen Moment später war es um ihn geschehen. Er prustete laut los.

Das verwirrte mich.

»Oder ich gebe dir einfach das hier.« Er legte ein abgegriffenes Büchlein auf den Tisch.

Ich hielt den Atem an. »Ist das etwa …?« Ich starrte den Ledereinband an. Das war Amelies Notizbuch. »Wie kommst du da ran?« Ich linste über die Schulter. Zum Glück nahm niemand Notiz von uns. Die Band zog, wie zuvor, ausgelassen ihr Ding durch. »Ob die was mitbekommen?«

»Ach, diese Möchtegernmusiker sind doch hackebreit.«

»O mein Gott!« Mein Herz pochte. Ich konzentrierte mich wieder auf das Teil meiner Begierde. »Das ist ja wohl nicht wahr. Es stimmt also, was man sagt.«

»Was?«

»Polizisten sind die Schlimmsten.«

»Ich dachte, du fotografierst, was du brauchst, und wir legen es wieder zurück. Das schadet ja niemandem.«

Genau dieser verdrehte moralische Kompass war der Grund dafür, warum ich ihn liebte. Ähm, attraktiv fand. Oder so ähnlich. Ich schüttelte den Kopf, doch meine Bonnie und Clyde-Phantasien wollten nicht verschwinden.

Ich öffnete das Buch, blätterte in den abgenutzten Seiten. Nach einer Weile entdeckte ich, wonach ich suchte. »Das ist der Typ.« Ich legte den Finger unter den Namen. Tomy Ashthorn.

»Der Regisseur, bei dem du das Vorsprechen willst?«

Ich nickte.

»Worauf wartest du dann? Heute endet doch die Einsendefrist.«

»Nicht ganz. Meine Unterlagen habe ich schon eingereicht. Jetzt geht es mir um eine persönliche Note, aus der Masse herauszustechen, und das geht natürlich mit einer Empfehlung am besten. Ab Morgen beginnt das Auswahlverfahren. Danach ist es zu spät.«

»Eine persönliche Empfehlung? Das wird wohl nichts.«

»Nein, aber eine Nachricht auf eine private Adresse oder Telefonnummer ist die zweitbeste Lösung.«

»Na ja. Ist nicht ganz, wofür du extra auf die Azoren gekommen bist.«

»Nein.« Ich seufzte. »Aber jetzt muss ich mit dem arbeiten, was ich habe. Woher hätte ich den Kontakt, wenn nicht über gute Beziehungen? Und Amelie wird es nicht herausfinden.«

»Okay. Und ich dachte immer, deine Deadline wäre ein richtiger Stichtag.«

Ich zog die Augenbraue hoch. »Ist sie auch. Wie gesagt, morgen beginnt das Auswahlverfahren. Dann fischen die sich ganz schnell ihre Favoriten raus. Irgendwelche Mappen von Nonames landen direkt in der Tonne.« Was ich verschwieg: Morgen war auch mein Geburtstag und damit meine persönliche Deadline. Wer älter als fünfundzwanzig war und noch keinen Hit gelandet hatte, hatte keine Chance mehr.

»Dann schreib ihn an«, sagte Aurelio.

»Okay.« Ich zog mein Smartphone heraus, tippte die Nummer in mein Telefonbuch und formulierte die Nachricht.

Sehr geehrter Herr Ashthorn,

ich schreibe Ihnen auf Empfehlung einer geschätzten Kollegin von Ihnen. Amelie Rosner. Ich möchte Sie von meinen schauspielerischen Fähigkeiten beim Casting Ihres neuen Filmprojektes überzeugen. Mein Workbook inklusive Video-Vorsprechen habe ich über das offizielle Portal eingereicht. Ich bin mir sicher, dass Sie nicht nur irgendeine Schauspielerin suchen, sondern ein frisches Gesicht, ein außergewöhnliches Talent, eine Frau, die Ihrem Film den

Wow-Effekt verleiht. Ich kann Ihnen versprechen, mit mir gelingt Ihnen der nächste Blockbuster ...

»Du scheinst kein Problem mit dick auftragen zu haben«, unterbrach mich Aurelio.

Ich stieß ihm in die Seite. »Selbstbewusstsein schadet in dieser Branche nie, glaub mir.« Ich tippte weiter.

»Scheint so.«

»Ich muss mich konzentrieren Aurelio, also ...«

Nachdem ich alles eingegeben und dreimal durchgelesen hatte, holte ich tief Luft. »Fertig.« Mein Magen verkrampfte sich.

»Ähm.« Aurelio räusperte sich »Und wenn der Kerl bei Amelie nachfragt? Ob das überhaupt stimmt mit der Empfehlung?«

»Dann bin ich am Arsch. Aber unsere Freundschaft ist sowieso beendet, also ...« Hoch zu pokern gehörte mit dazu. »Ich hoffe einfach mal, dafür ist er zu beschäftigt. Wenn es Jahre später herauskommt, egal.«

»Warum schickst du es nicht ab?«

Mein Daumen schwebte über dem Senden-Button. Neben der Gefahr aufzufliegen, ging mir noch etwas anderes durch den Kopf. Was ich heute getan hatte, war nicht der Gipfel meiner Schandtaten und Intrigen, hätte aber trotzdem einen Platz in meiner Top Ten verdient.

»Meinst du, die haben das Handynetz schon repariert?«, fragte ich.

»Drei Striche hast du jedenfalls. Wir werden es sehen. Bekommst du kalte Füße?«

Er kapierte, was in mir vorging. Ich war absolut nicht stolz auf mich. Ich verhielt mich wie ein Miststück. Doch es gab keinen Weg zurück. Sonst wäre alles umsonst gewesen. Ich biss die Zähne aufeinander. »Ach Quatsch.« Ich drückte auf Senden. Ab jetzt hatte ich keine Kontrolle mehr, wie das ausgehen würde.

»Bist du okay?«, fragte er.

»Oh ja.« Meine Schultern entspannten sich langsam. Ich klappte das Notizbuch zu und steckte es in meine Handtasche. »Das war aufregend.« Ich zwinkerte ihm zu. »Du bist aufregend.«

Begehren flackerte in seinen Augen. »Du auch«, flüstere er.

Ich rutschte ein Stück näher an ihn heran. Meine Hand ließ ich seine Jeans am Oberschenkel entlang gleiten. »Das wollte ich schon die ganze Zeit tun.« Bis ich in seinem Schritt landete. Ich lehnte mich zu ihm hinüber, meine Brüste berührten seinen Brustkorb.

Er nahm mein Handgelenk. Weg drückte er mich zwar nicht, aber weitermachen ließ er mich auch nicht. »Was tust du da?«

»Dich spüren?« Ich streckte mich ihm entgegen, suchte nach einem Kuss, doch er wich aus. »Was ist? Ich dachte, du findest mich sexy. Findest du

mich nicht sexy? Ich kann deine Mata Hari sein.«
Ich kicherte. Ich war völlig überdreht. Bestimmt eine Reaktion auf den Stress. Er wollte mich. Das sah ich ihm an. Warum also seine Zurückhaltung?

»Romy, ich stelle mir seit Tagen vor, wie ich dich ins Bett zerre, deine Bluse aufreiße und dich bis zur Besinnungslosigkeit vögle.«

Ein Kribbeln breitete sich in meinem Unterbauch aus. »Das macht mich jetzt echt an«, raunte ich ihm ins Ohr. »Was hält dich ab?« Ich wollte ihn küssen. Ihn aufs Zimmer schleifen.

»Romy«, sagte er ernst. »Ich will dich, aber ich will dich nicht nur fürs Bett.«

Ich hielt inne. Er ließ mich los.

»Was redest du da?«, fragte ich.

»Ich mag dich.«

»Ich mag dich auch.«

»Spiel nicht mit mir, wie mit irgendeinem anderen Typen. Auf die Art will ich es nicht. Bei Gott, am Anfang wollte ich dich nageln und es war mir egal, aber jetzt ... ich habe mich in dich verliebt.«

»Oh.«

»Was ist mit dir?«

Ich starrte ihn an. Ja, verdammt, ich fühlte genauso. Das glaubte ich zumindest. Sagen wollte ich das aber nicht. Warum nicht? Es war falsch, es wäre eine Katastrophe und ginge gegen jede meiner Vorsätze. Mein Herz klopfte schneller.

Er kam mir zuvor. »Auch ich habe so meine Probleme mit festen Bindungen. Mein Vertrauen bekommt nicht so schnell jeder. Eigentlich niemand.«

Ich knabberte unsicher an meiner Unterlippe.

»Vertrau mir. Und ich vertrau dir. Ich sage ja nicht ›Lass es uns versuchen‹. Ich sage nur, lass uns vögeln, aber nicht wie mit den anderen, die wir benutzen und manipulieren. Sondern weil es echt ist.«

»Okay.« Ich überlegte. Das klang verwirrend. Er als Gesamtpaket klang verdammt gut. Wir waren vom gleichen Schlag. Und deswegen war es ein großer Schritt.

»Dann sag es.«

Ich schluckte. »Ähm.« Ich legte die Hand erneut auf seinen Schoß, mein Herz klopfte bis zum Hals. »Ich will dich nicht nur flach legen, weil ich mit dir spiele. Sondern, weil ... ich dich ehrlich mag.« Ich sah ihn eindringlich an. »Und weil du verdammt heiß bist.«

Er lehnte sich zu mir und küsste mich auf den Mund. Endlich! Seine Lippen öffneten sich. Seine Zunge befühlte die meine. Wilde Energie flutete meinen Unterkörper. Mir wurde heiß. Ich schlang meine Arme um ihn, zog ihn dicht zu mir heran. Die Stuhllehnen zwischen uns knarzten. Unsere Zungen kreisten in einem betörenden Tanz, seine Hand griff forsch nach meiner Brust, seine fordernde Art machte mich noch wilder. Ich löste mich aus seinem Kuss und liebkoste seinen Nacken. Er stöhnte in mein Ohr. »Lass uns hoch gehen.«

Ohne voneinander abzulassen, standen wir auf. Er strich über meine Taille, nahm meine Hand und führte mich ins Haus.

Der Kellner sah uns mit fragendem Blick an, als

wir an ihm im Gang vorbeitänzelten. Aurelio sprach kurz auf Portugiesisch mit ihm, ich verstand es nicht, aber er nickte und ging seiner Wege. An der Treppe drückte mich Aurelio mit dem Po gegen das Holzgeländer. Ich küsste ihn, rieb mich an ihm ...

Er stöhnte auf. »Wir sollten es noch bis aufs Zimmer schaffen.«

Rückwärts nahm ich zwei Stufen, küsste ihn erneut, unsere Finger verflochten sich ineinander. Wieder stieß ich ans Geländer. Er hielt mich fest, schob mich hintenüber die Treppe hinauf, liebkoste mich dabei weiter. Oben angelangt, suchte ich nach meinem Schlüssel. Ich riss die Handtasche auf. Schminkspiegel, Handy und Schlüsselbund flogen durch den Ruck im hohen Bogen auf den Teppich. Kurz blieb mein Blick an Amelies Notizheft hängen, das in der Tasche lag, dann bückte ich mich. Ich streckte meine Finger nach dem Schlüsselbund aus. Sie zitterten vor Erregung.

»Mein Zimmer ist näher«, sagte er und lief zur ersten Tür am Gang.

Endlich bei ihm, schmiss ich mein Zeug auf die Ablage neben seinem Bett. Das Hotelzimmer sah aus, wie jedes andere. Aurelio schaltete die Nachttischlämpchen ein, die den Raum in ein gedimmtes Licht hüllten. Ich hatte nur noch Augen für ihn. Beide Spaghettiträger meines Tops wischte ich bereits von den Schultern. Er biss sich auf die Unterlippe, verfolgte meine Bewegungen mit gierigen Blicken. Meinen roten BH ließ ich provokant unter dem Top hervorblitzen, das immer tiefer rutschte. Er kam auf mich zu. Ich wollte seine Haut auf meiner spüren. Ich wollte genießen, wie er mich langsam erforschte. Zentimeter für Zentimeter.

Er umarmte mich, liebkoste meinen Nacken.

»Komm her«, hauchte ich ihm ins Ohr. Unsere Finger verflochten sich erneut. Seine Lippen waren wie eine Droge, die ich nie wieder absetzen wollte. Er roch so gut. Ich wollte in ihm vergehen. Ein herbes Parfüm, das mich an Kräuter denken ließ. Er schob mich zielstrebig zum Bett. Zusammen verloren wir das Gleichgewicht und landeten nebeneinander in den Laken. Seine Hand wanderte unter mein Shirt zu meinen Brüsten. Meine Finger suchten den Knopf seiner Jeans. Ich öffnete ihn und schob meine Hand in seinen Schritt. Er stöhnte dicht an meinem Ohr. Er fand meine Brustwarze. Ich wand mich unter seinen Berührungen, bald würde ich vor Begierde explodieren.

»Warte«, hauchte ich. »Wo hast du deine Handschellen?«

Er grinste mich an. »Willst du, dass ich dich fessle?«

»Zieh dein Hemd aus.« Ich öffnete bereits die ersten Knöpfe. »Und nein, heute läuft das anders. Wir haben da noch eine Rechnung offen.«

Sein Grinsen wurde breiter. »In meinem Koffer.«

Ich sprang vom Bett und wühlte in seinem geöffneten Reisekoffer am Boden. »Und die Schlüssel?«

»In meiner Hosentasche.« Aurelio beobachtete mich vom Bett aus. Seine Muskeln zeichneten sich an seinem nackten Oberkörper, seinem Bauch und in seiner kräftigen Schulterpartie ab.

Ich bewegte mich auf ihn zu, die Handschellen wogen schwer an meinem Zeigefinger, den ich verführerisch kreiste. In der anderen Hand hielt ich das Päckchen Kondome. Ich warf alles auf die Kissen. Rittlings setzte ich mich auf seine Oberschenkel. Er wollte sich aufbäumen, doch ich drückte ihn mit zwei Fingern am Brustkorb zurück aufs Bett. Ich strich mit der Hand seinen Bauch entlang, lehnte mich vor, sodass er mein Dekolleté gut sehen konnte. Gleichzeitig griff ich unter seinen Po, den er etwas anhob. Ich quetschte meine Finger in seine hintere Hosentasche. Als ich nichts fand, kniff ich ihn durch den Stoff hindurch in die Pobacke.

»Au«, japste er.

In der anderen Tasche wurde ich fündig.

»Dieser hier?« Ich zeigte auf den kleinsten Schlüssel am Bund.

Er nickte.

Ich lehnte mich vor, leckte ihm über die Lippen, was in einem neckischen Kuss mündete. Ich griff nach den Handschellen und schloss sie auf. Den Schlüsselbund warf ich hinter mich auf den Boden.

Er biss mir sanft in die Unterlippe. Ich löste mich von ihm, richtete mich wieder auf. »Nimm deine Hände hoch.«

Er tat, wie ihm befohlen.

»Brav. Rutsch noch etwas zur Seite.«

Gemeinsam schoben wir uns in Richtung oberes Bettende. Ich fesselte seine Hände am Bettgeländer. Die Handschellen knackten. Er sah mich begierig an.

Langsam zog ich mein Shirt nach unten, bis er den BH komplett sehen konnte. Ich drückte ihm einen weiteren Kuss auf die Lippen, während ich mir den BH auszog. Ich richtete mich auf, wirbelte das Teil durch die Luft und ließ ihn quer durchs Zimmer fliegen. Dann war seine Hose dran.

Als ich kurze Zeit später nackt auf ihm lag, mich an ihn schmiegte, fühlte ich mich total befreit. Nur Sex konnte das. Jede Sekunde eine Erlösung. Heiße Wellen fluteten meinen Körper. Ich genoss seine Erregung unter mir und dass ich das Zepter in der Hand hielt. »Jetzt bist du mir hilflos ausgeliefert.«

»Was wirst du mit mir anstellen?«, stöhnte er erregt.

Ich zuckte mit den Augenbrauen. »Dich in den Wahnsinn treiben.«

Kapitel 7

Romys Geburtstag
Der Tag danach

Ich öffnete die Augen. Aurelio lag neben mir. Seine gebräunte Brust hob und senkte sich rhythmisch. Seine Lider zuckten, er atmete durch seinen leicht geöffneten Mund. Er schien süße Träume zu haben.

Ich wollte mich zu ihm kuscheln, entschied mich aber, ihn nur zu beobachten. Meine Gedanken wanderten zur letzten Nacht. Ein wahrer Schmetterlingssturm brach in mir los. Es war so absolut irre gewesen. Viel geschlafen hatten wir nicht. Aber es war nicht nur der Sex. In mir erwachten Gefühle, die ich nicht kannte. Sicher, ich war schon oft oberflächlich verliebt gewesen. Aber wenn ich Aurelio ansah, war es echte Zuneigung. Vertrauen. Damit kannte ich mich nicht aus. Es machte mir Angst.

Ich streckte die Hand nach ihm aus, war drauf und dran ihn zu wecken. Ich konnte ihn bitten, mich noch vor dem Frühstück erneut besinnungslos zu vögeln.

Ich ließ sie wieder fallen. Nein. Eine Schwere in der Brust hielt mich davon ab.

Was ist los mit mir?

Ich drehte mich im Bett herum. Warum mischte sich etwas anderes in diese erschöpfte Zufriedenheit, diese Dauergeilheit ein?

Ich griff nach meinem Handy am Nachtkästchen. Der Akku lag bei schlappen zwölf Prozent, 113 neue Nachrichten. 08:13 Uhr. Mein Geburtstag.

Ich scrollte die Mitteilungen durch. Keine Antwort von Herrn Ashthorn. Natürlich gab es noch keine. Ich schluckte gegen den Kloß in meinem Hals an. Wovor fürchtete ich mich so sehr?

Ich schlich zum Bad. Unter der Dusche schloss ich die Augen und hielt das Gesicht in den Wasserstrahl. Die Wärme tat gut. Doch dann stellte ich mir Amelies Gesichtsausdruck vor, wenn Sie herausbekam, was ich getan hatte. Ich zuckte zusammen, als wäre der Duschstrahl plötzlich eiskalt geworden. An der Brause lag es aber nicht. Die funktionierte einwandfrei. Ich stellte das Wasser ab und trocknete mich.

»Guten Morgen, Süße!«, begrüßte mich Aurelio, als ich zurück ins Zimmer tapste. »Hast du gut geschlafen?«

Ich lächelte ihn an.

»Ist alles okay?«

»Ich musste nur gerade an Amelie denken.« Ich setzte mich mit dem Handtuch umwickelt neben ihn aufs Bett. Die Handschellen hingen noch lose am Kopfteil.

»Oje.« Er streichelte über meinen Rücken. »Mach dir keine Sorgen. Ich lege ihr das Notizbuch heute unauffällig zurück. Sie wird nichts merken. Sie war gestern ziemlich betrunken.«

Ich nickte halbherzig, bevor er mich in seine Arme zog. »Happy Birthday«, flüsterte er mir ins Ohr. »Hast du einen Wunsch?«

»Du hast an meinen Geburtstag gedacht?«

Er küsste mich behutsam unterhalb meines Schlüsselbeins. Fest schlang ich die Arme um ihn. Ich wollte ihn nicht mehr loslassen.

Wir liebten uns erneut. Er war so zärtlich. Es war eins der schönsten Dinge, die ich je erleben durfte.

Auf der Terrasse wartete das Frühstück auf uns. Besser gesagt, Brunch. Wir suchten uns denselben Platz wie gestern aus, die Tasche mit Amelies Notizbuch hängte ich an den Stuhl. Erneut checkte ich die Nachrichten auf dem Handy. Viele SMS, aber nicht die eine, die mir Schauer der Freude und Furcht über den Rücken jagte. Was hatte ich bloß losgetreten?

»Bin gleich wieder da.« Aurelio verschwand im Eingangsbereich.

Ich schaute aufs Meer hinaus, atmete tief durch.

Fünfundzwanzig.

Ich ließ mir die Zahl langsam durch den Kopf gehen. Wie würde ich meine nächsten Lebensjahre verbringen? Alleine? Oder mit Aurelio? Ich verdrehte die Augen. Jetzt schnappte ich über. Auf der anderen Seite, warum nicht? Ständig auf der Suche sein, Spielchen spielen, Menschen enttäuschen. Das konnte ich mir nicht mehr vorstellen. Das musste ein Ende haben.

»Happy Birthday to you, happy Birthday toooo you ...«

Ich drehte mich um. »Ach du heiliger Bimbam!«

Aurelio schritt auf mich zu. Er hielt einen Kuchen mit fünfundzwanzig Kerzen oben drauf. »Alles Gute zum Geburtstag!« Er stellte den Schokokuchen vor mich auf den Tisch. »Du darfst dir was wünschen! Blas sie aus!«

Ich sprang auf und umarmte ihn zuerst. »Danke! Ich will dich gar nicht mehr loslassen.«

»Musst du aber. Du musst doch die Kerzen ausblasen.«

»Warte.« Ich umarmte ihn viel zu lange, atmete den Duft seiner Haut ein, genoss seine Wärme.

»Die Kerzen?«

»Genau.« Langsam löste ich mich von ihm. War ich zum sentimentalen Klammeräffchen mutiert? Fünfundzwanzig Lichter flackerten vor mir auf dem Kuchen. »Wo hast du die so schnell aufgetrieben?«

»Ein Mann hat Geheimnisse. Wünsch dir was!«

»Hm.« Nur was? Die Rolle? In mir zog sich alles zusammen. Den Gedanken schob ich davon. Ich beugte mich vor, schloss die Augen, atmete tief ein.

Ich pustete los.

Ich wünsche mir, dass Aurelio und ich ein Paar werden und dass wir eine glückliche Zukunft haben werden.

Ich blinzelte, blies noch immer, das letzte Flämmchen erlosch.

»Super!« Aurelio schlang von hinten die Arme um mich. »Was hast du dir gewünscht?«

»Das darf man doch nicht verraten.«

Ich war definitiv verrückt geworden. Und verweichlicht. Grinsend schüttelte ich über mich selbst den Kopf.

Sein Atmen streichelte meinen Nacken. Er drehte mich zu sich um. »Alles okay bei dir?«

»Ich ...«

»Weinst du etwa?«

Jetzt spürte ich es auch. Eine Träne kullerte über meine Wange. »Nein ...«, stammelte ich. Ich wischte das Ding weg und seufzte laut auf. »Der Wind ist nur ...«

»Romy ...« Er küsste mich auf genau die Stelle, wo vorher die Träne gewesen war. Dann berührten seine Lippen die meinen. Ein salziger Kuss. Meine Knie wurden weich. Ich liebte diesen Mann. Hier und jetzt wurde es mir klar. Ich wollte es ihm am liebsten ins Ohr flüstern.

Stattdessen löste ich mich von ihm. »Du bist so liebevoll ..., und ich verhalte mich immer so falsch.«

Er streichelte mir über den Arm.

»Die Sache mit Amelie frisst mich innerlich auf! Ob das gestern die richtige Entscheidung war? Nein. Es war falsch. Einfach nur falsch.«

In dem Moment stolzierte Amelie aus dem Eingangsbereich. Ich zuckte zusammen.

»Romy.« Schmallippig lächelnd, schritt sie auf mich zu. »Alles Gute zum Geburtstag.« Sie zog mich zu sich.

Ich lehnte an ihrer Schulter. Es fühlte sich irritierend und steif an. Dahinter stand Aurelio, der hilflos dreinschaute.

Sie ließ von mir ab. Mit dem Zeigefinger fuchtelte sie vor mir herum. »Das heißt nicht, dass alles wieder gut ist! Ich bin immer noch stinksauer!«

»Das verstehe ich«, setzte ich an.

»Aber heute hast du Geburtstag. Vielleicht ein Anlass, aufeinander zuzugehen. Du hast ganz schön was auf dich genommen, um mich zu finden. Ich war ja wirklich wie vom Erdboden verschluckt. Jedenfalls … ich würde gerne darüber reden. Liegt dir ehrlich was an unserer Freundschaft? Ich lasse mich nicht verarschen. Ich bin verdammt verletzt von deinem Auftritt gestern.« Sie seufzte. »Aber einfach alles wegschmeißen, ohne Chance auf Versöhnung, will ich auch nicht. Wir kennen uns doch schon so lange.«

Ich schluckte schwer. »Das möchte ich auch nicht.«

Ihre Stimmlage hellte sich auf. »Vielleicht kann ich dir ja doch weiterhelfen. Ich weiß ja, wie schwierig es im Job, vor allem in unserer Branche, sein kann. Wer ist da noch nicht durchgedreht? Soll ich Tomy anrufen und mit ihm wegen deiner Vorstellung sprechen?«

Meine Zunge klebte am Gaumen. »Hm.«

»Wir hatten damals schon unsere Eifersuchts-Dramen ... damit muss Schluss sein.«

Hinter meiner Schläfe pochte es. Was sollte ich tun? Was antworten?

Tu endlich das Richtige!

Aurelio sah so bedröppelt drein, wie ich mich fühlte. Meine Finger schwitzten. Ich musste den Fehler zugeben.

»Amelie.« Ich hielt den Atem an. Wie sollte ich das erklären? Worte wirbelten in meinem Kopf herum - welche davon waren geeignet? - im nächsten Moment strömte alles heraus. Wie Luft aus einem zerstochenen Gummireifen. »Ich habe dein Notizbuch geklaut.«

Schweigen. Schockstarre auf beiden Seiten.

Die Sekunden vergingen. Schließlich griff ich nach meiner Tasche, holte das Büchlein hervor und drückte es ihr in die Hand. »Es tut mir so leid. Du hattest recht mit all deinen Vermutungen über mich.«

Amelie klappte der Mund auf. Sie wirkte wie ein Roboter.

»Es tut mir wirklich leid. Glaube mir, ich verstehe jetzt, dass es nicht der richtige Weg war, an Kontakte zu kommen ...«

»Nicht der richtige Weg«, wiederholte sie.

»Ja, ... ich habe die Privatnummer des Regisseurs benutzt.«

Ein Zucken huschte über ihr Gesicht.

Der Kellner kam, fragte, ob jemand frischen Kaffee benötigte. Aurelio schickte ihn weg. Die Sekunden zogen sich wie Gummibänder.

Was würde sie sagen? Würde sie mir verzeihen, wie in Filmen? Freundschaft forever, Fehltritte vergessen?

Amelie fasste sich an den Mund. Sie ließ die Hand wieder fallen, drehte sich um und verschwand im Eingangsbereich. Einfach so. Kein Ausflippen, kein Geschrei, sie ging bloß weg.

Aurelio nahm mich in den Arm.

»Das hab ich verdient.«

Er drückte mich fester. Ich lehnte meine Wange an seinen Brustkorb und lauschte seinen Atemzügen. »Okay.« Meine Stimme klang belegt. »Lass uns den Kuchen essen.«

Wir setzten uns. Eine komische Atmosphäre war das. Viel zu ruhig. Ich spürte seinen Blick auf mir, während ich anschnitt. »Der sieht ja toll aus.« Man hörte heraus, wie mir zumute war. Wie ein Mädchen, das Tränen unterdrückte. »Wie hast du den organisiert?«, fragte ich mit Piepsstimme. Unbeholfen zitterte ich jedem von uns ein Kuchenstück auf die Teller.

Er nahm mir das Messer ab. »Warum hast du ihr die Wahrheit gesagt?«

Ich schaute in seine dunkelbraunen Augen. »Weiß nicht.« Meine Unterlippe schob sich über die obere.

Ich überlegte, wie ich es formulieren sollte. »Noch vor einer Woche hätte ich ihr Angebot ohne zu zögern angenommen. Ich hätte mich gefreut, dass sie es mir so einfach macht und den Rest vertuscht.« Ich nahm einen Bissen vom Kuchen. »Schmeckt gut.« Ich zwang mir ein kurzes Lächeln auf. Das war Kauen im Schneckentempo. »Ich konnte sie nicht mehr anlügen, verstehst du? Es erschien mir falsch. Ich fühle mich nicht mehr wohl dabei. Mit nichts mehr fühle ich mich wohl.«

Er nickte langsam. »Ich weiß, was dich aufheitern wird.« Er lud sich ebenfalls ein Stück Kuchen auf die Gabel.

»Das bezweifle ich. Amelie wird mir das nie verzeihen.«

»Wahrscheinlich nicht.«

»Bestimmt ruft sie den Regisseur an, der Job ist jedenfalls futsch. Meine Karriere kann ich an den Nagel hängen. Mein Leben sogar.«

»Ach, komm. Das stimmt doch gar nicht. Und heute ist dein Geburtstag.«

»Woher weißt du das überhaupt?«

»Polizeiliche Ermittlungen.«

Jetzt konnte ich mir ein Grinsen nicht verkneifen.

»Ich habe etwas vorbereitet und das Wetter ist fantastisch. Nach dem Frühstück geht es direkt los! Keine Widerrede.«

Die Caldera von Corvo sah aus wie tags zuvor. Nur der böige Wind war verschwunden. Die Sonne schien auf meine Stirn. Kühe weideten direkt neben uns. Eine sanfte Brise bog das lange Gras.

»Raus mit der Sprache. Was hast du geplant?«

Aurelio hievte den riesigen Rucksack aus dem Taxi, den ich vom Speedboot kannte.

»Was hast du nun vor? Doch nicht etwa Wandern? Damit machst du mir keine Freude.«

Aurelio lächelte mich an, zog den Reißverschluss des Ungetüms auf und zerrte einen weiteren orangefarbenen Sack hervor.

»Ist das ein aufblasbares Bett und du willst Sex unter freiem Himmel?«

»Tolle Idee«, sagte er. »Vielleicht anschließend.«

»Jetzt sag schon!«

Er zog zwei Helme heraus und eigenartig aussehende Gurtzeuge.

»Willst du klettern?« Ich sah mich um. Hier sah es nicht danach aus.

»Romy, wir werden fliegen.«

»Wie bitte?«

»Gleitschirmfliegen.« Er strahlte mich an.

Ich erstarrte. »Das ist jetzt nicht wahr.«

»Doch.« Er zog den Paraglider aus dem orangenen Packsack und breitete das gigantische Tuch auf dem Gras aus. Zig Leinen führten zu zwei Steuergurten, die er anfing zu sortieren. »Ich dachte, das hättest du mitbekommen bei Sete Cidades.«

Ich erinnerte mich. Der Angestellte im Nationalpark hatte gesagt, dass er Pilot war. Damals hatte ich mich kein Stück dafür interessiert. Der Typ hätte auch behaupten können, Aurelio wäre ein Astronaut. Es wäre mir egal gewesen. Naja, vielleicht auch nicht.

»Ist das nicht gefährlich?«

»Du stehst doch auf gefährlich.« Er zwinkerte mir zu. »Wenn man weiß, was man tut, dann nicht.«

»Und du weißt das, ja?«

»Es gibt nur ganz wenige Tage auf Corvo, die fliegbar sind. Wenn der Wind sehr stark ist, kann es einen von der Insel wehen.«

Ich sah mich um. Azurblaues Wasser zu allen Seiten. »Na toll.«

»Aber heute ist ein fantastischer Tag.«

»Das Wetter kann sich doch schlagartig ändern.«

»Dann müssen wir einfach umso schneller landen.«

Aurelio fummelte an der Ausrüstung herum. Mir war nicht wohl mit dieser Überraschung. Ich schlich neben ihm umher. Drei Schritte nach links, drei nach rechts, trampelte ich die Wiese zu meinen Seiten komplett nieder.

»Aurelio ...«, fing ich an, als er mit dem Schnallenteil auf mich zulief. »Ich glaube nicht, dass ich in die Luft gehöre.«

»Vertrau mir, es ist ein irres Gefühl. Du bist doch kein Angsthase.«

»Nein, es ist nur ...« Hoch oben, eingezwängt in ein Gurtzeug, er mit dem alleinigen Kommando, bei unberechenbaren Wetterverhältnissen. Das waren beschissene Aussichten.

»Du vertraust mir noch immer nicht.«

»Willst du nicht lieber alleine fliegen und ich schaue nur zu?«

»Das geht nicht. Es ist ein Tandemschirm. Für zwei Personen. Ohne dich bin ich zu leicht. Es geht nur zu zweit, oder wir bleiben beide auf dem Boden.«

Ich umarmte ihn, drückte meine Wange an seine Brust, lauschte einen Moment lang dem Rhythmus seines Atems. Ich dachte an unsere erste Begegnung und wie sich alles entwickelt hatte. Ich hob mein Kinn und er küsste mich auf die Stirn. »Du musst dir wirklich keine Sorgen machen. Ich kann das. Und ich passe auf dich auf.«

Es geht nur zu zweit.

»Okay.« Ich hielt ihn an den Händen fest. »Aber beeil dich, mir das Ding anzuziehen, bevor ich es mir anders überlege.«

Das tat er. Mit Gurtzeug und Helm versehen, nachdem er mir erläutert hatte, wie der Start funktioniert und alle Verbindungen zwischen uns erneut geprüft hatte, ging es los. Aurelio stand hinter mir. Hinter ihm lag der Schirm ausgebreitet.

»Wenn ich los sage, dann rennst du, ja?«

»Okay.« Meine Stimme klang dünner als sonst.

»Los!«

Ich sprintete nach vorne, am Rücken zog das Gurtzeug und die Verbindung zu Aurelio.

»Weiter, weiter!«, rief er hinter mir.

Ich stemmte die Füße ins Gras und lief gegen den Widerstand. Unvermutet ließ der Zug nach.

»Weiter! Weiter! Weiter!«

Ich rannte und rannte und plötzlich war da kein Boden mehr, auf dem ich hätte laufen können.

Erstaunt schaute ich nach unten. Kühe glitten unter meinen Füßen hinweg. Dann schaute ich hoch. Der farbige Schirm schwebte über unseren Köpfen. Hinter mir leitete Aurelio mit der Bremsleine eine Rechtskurve ein. »Setz dich ruhig bequem in das Gurtzeug.«

Der kühle Wind tat gut. Wir überflogen den Rand der Caldera. Satte Grüntöne leuchteten uns entgegen. Wir stiegen immer höher. Bald überblickten wir den gesamten Krater, ungefähr hundert Meter oberhalb des Startplatzes. Das Taxi schrumpfte zu einem Spielzeugauto, das Meer schien unendlich blau und weit.

»Ich kann Flores sehen.«

»Ein fantastischer Tag zum Hin- und Hersoaren«, sagte Aurelio. »Meist ist der Wind zu stark oder zu böig. Heute ist er ganz gleichmäßig. Wir können uns locker vom Wind tragen lassen, der am Kraterrand hochströmt.«

Ich lehnte mich zurück.

Auch wenn Stoff uns trennte, spürte ich deutlich Aurelios Beine, die mich sanft umschlossen. Ich entspannte die Bauchmuskeln. Aurelio bediente hinter mir die Steuerleinen, jede Kurve war geschmeidig wie das Schaukeln in einer Hängematte. Mein Lächeln wurde breiter. Probleme schienen weit weg, nicht erreichbar, nicht mehr wichtig. Ich genoss die Aussicht, den Wind und, dass Aurelio so nahe bei mir war.

Wir landeten direkt neben dem Kratersee, wo ich tags zuvor Amelie getroffen hatte.

»Und?« Aurelio befreite mich zuerst von Helm und Gurtzeug. »Wirst du jetzt öfters mit mir fliegen?«

»Sehr gern.« Ich lächelte ihn verliebt an. »Danke für dieses überwältigende Geburtstagsgeschenk!«

»Gerne! Ich bin froh, dass es dir gefallen hat.« Er entledigte sich seiner Ausrüstung und schmiss alles auf einen Haufen.

»Ich mag dich sehr, Romy«, sagte er unverhofft und schaute mir in die Augen.

»Ich dich auch, Aurelio.« Heute fiel es mir erstaunlich leicht, die Wahrheit zu sagen.

Er streichelte mir über die Wange.

Mann, er sah verdammt gut aus. Ich wollte ihn anbetteln. Bitte küss mich! Sofort!

Erst als er fragte. »Nur, wie geht es weiter mit uns?«, fiel mir die Sorge auf seinem Gesicht auf. Ich presste die Lippen aufeinander.

Er legte seine Wange an meinen Haaransatz. »Willst du einfach zurück nach München fliegen?«

»Das muss ich ja wohl, oder? Dort ist meine Wohnung. Als erstes brauche ich einen neuen Job. Meine Reserven sind bald aufgebraucht.«

»Und wenn ich mit dir komme?«

»Sei nicht albern. Dort kannst du nicht als Polizist arbeiten.«

Ich kuschelte mich an ihn. Wir hielten uns gegenseitig, so fest wir konnten.

Ich dachte an meine Ambitionen, mit denen ich auf die Azoren gekommen und kläglich gescheitert war. Abgrundtief war das Loch, in das ich gesackt war. Tief, wie ein Vulkankrater. Wie jener, in dem ich mit Aurelio zusammen stand.

Sein Handy klingelte. »Oh. Entschuldige mich kurz, das ist mein Chef.«

Ich beobachtete ihn während seines Telefonats. Er wanderte am Rand des Kratersees auf und ab. »Es gibt Neuigkeiten«, verkündete er mir, als er fertig war. »Terceira scheint wirklich eine heiße Spur zu sein. Ich muss hin, dem nachgehen und anschließend zurück nach Lissabon fliegen.«

»Terceira war die andere Adresse auf dem Paket?«
Er nickte.

Ich wusste nicht, was ich darauf erwidern sollte. Ich wollte losheulen. War unsere schöne Zeit damit beendet?

»Ich weiß, wir kennen uns noch nicht so lange.« Er nahm meine Hand. »Aber ich spüre diese Verbindung zwischen uns und was soll ich sagen ... ich mag dich wirklich sehr. Also wirklich.«

»Ich dich auch.«

»Und ich weiß, Menschen wie uns fällt es nicht leicht zu vertrauen oder uns zu binden. Wir vermuten überall Intrigen und Abgründe. Weil wir von uns auf andere schließen. Umso mehr macht es besonders, was wir haben.«

Ich sah ihn nachdenklich an. »Worauf willst du hinaus?«

Er kniete sich vor mich ins feuchte Gras. »Ich werde dir jetzt keinen Heiratsantrag machen, keine Angst.« Er grinste mich an wie ein Lausbub. »Aber Scheiße nochmal, ich will nicht, dass du nach München verschwindest. Fernbeziehungen klappen doch nie!«

Ich verschluckte mich und fing an zu husten.

»Willst du meine Vertrauensperson sein?«

»Was meinst du jetzt wieder damit?«

»Na, wir können ja verkorkste und unmoralische Menschen sein, aber lass uns vereinbaren, dass wir uns gegenseitig nicht verarschen. Dass wir unser gegenseitiger Anker sind. Scheiß auf Amelie. Ja, das hast du verkackt, hak´ es ab, und nächstes Mal entscheidest du neu, ob du auch eine Freundin in dein Herz lässt oder ob du die Leute weiter um den Finger wickelst. Ich liebe dich so oder so.«

»Du liebst mich?«

Er nickte, nahm meine Hand und stand auf. »Ist zu früh oder?«

Ich schmiegte mich an ihn, legte meinen Kopf in den Nacken und sah ihn liebevoll an. »Ich liebe dich auch. Das ist beängstigend, aber es ist wahr.«

Kapitel 8

Abreise
Ein Tag nach Romys Geburtstag

Der Hafen von Corvo erinnerte mich heute eher an die Nordsee, als an idyllisches Inselflair. Der Wind blies so stark, dass ich die Arme fest um meinen Körper schlang. Trotzdem fröstelte es mich. Die Morgensonne versteckte sich hinter einer zähen Wolkenschicht.

Ich wartete auf Juans Speedboot. Neben mir kauerten weitere Touristen, darunter Amelie. Die Leute von der Band waren nicht anwesend. Ich überlegte zwar, wo sie abgeblieben waren, vermied jedoch jeden Blickkontakt mit meiner alten Freundin. Erst recht fragte ich nicht nach.

Ich vermisste Aurelio. Seine wärmenden Hände. Seine Umarmung und die Worte. Bestimmt jagte er gerade den Drogenkriminellen hinterher. Hoffentlich passierte ihm nichts. Mein Magen zog sich zusammen. Heute Morgen war es mir unmöglich gewesen, ohne ihn zu frühstücken. Dieses Gefühlschaos bereitete mir Übelkeit.

Bald sehen wir uns wieder.

Diesen Satz wiederholte ich mantraartig im Kopf. Ich stellte mir vor, wie es wäre, ihn in Lissabon wiederzusehen. Dieser Gedanke schenkte mir dann doch etwas Wärme.

Endlich tauchte Juan mit seinem Speedboot auf. Er parkte das Boot an der Stelle, wo eine kleine Treppe im Beton eingelassen war. Ich wartete, bis die ankommenden Touristen ausgestiegen waren.

Juan entdeckte mich in der Menge und winkte mir zu. »Hey Romy!«

Ich war eine der ersten, die aufs Boot stieg. Juan nahm mir das Gepäck ab. Ich hüpfte mit einem Satz zu ihm hinüber.

»Wo steckt denn Aurelio?«, fragte er sofort.

Für eine ausführliche Begrüßung blieb keine Zeit. Er wandte sich bereits den anderen Touristen zu und half ihnen mit ihren Rucksäcken und beim Einsteigen.

Ich suchte mir einen Platz direkt neben Juan und seinem Steuer. »Der musste kurzfristig weg! Nach Terceira«, rief ich ihm zu, war mir aber nicht sicher, ob er mich hörte. Ich beobachtete, wie er Amelie seine Hand hinstreckte. Sie vermied es, mich anzusehen. Seine Hilfe nahm sie dankend an und wackelte zu einem der vorderen Plätze.

Nachdem alles und jeder verstaut war, kehrte Juan in den hinteren Teil des überdimensionalen Schlauchboots zurück. Er stieg über meine Beine hinweg und stellte sich neben mich an seinen Platz am Steuer.

»Es kann losgehen.« Er startete den Motor und steuerte das Boot in Richtung Hafenausgang. »Aurelio ist also auf Terceira. Wie kommt er da so schnell hin und warum?«

»Eine Sondermaschine holte ihn gestern extra von Corvo ab. Er hat einen wichtigen Einsatz auf Terceira. Irgendwas wegen Drogen.«

»Aha. So ein Wichtigtuer«, Juan lachte. »Lässt sich gleich mit einem privaten Flugzeug abholen.« Er zwinkerte zu mir herunter. »Und dich vergisst er hier?«

Juan steuerte aus dem Hafen heraus. Der Lärmpegel des Motors stieg, er gab Gas und ich fing an zu schreien. »Vergessen hoffentlich nicht!« Die Distanz zwischen Juan und mir - er stehend, ich neben ihm sitzend - erschwerte das Gespräch zusätzlich. »Es ging nicht anders! Ich fliege von Flores aus nach São Miguel. Dann weiter nach München!«

»Und seht ihr euch wieder?!«

»Ich hoffe es! Geplant ist, dass wir uns in Lissabon treffen! Sobald er mit seinem Fall fertig ist und ich meine Angelegenheiten in München geklärt habe.«

»Wow! Das hätte ich ihm gar nicht zugetraut! Gut für ihn, dass er dich nicht einfach so ziehen lässt. Ich glaube, du tust ihm sehr gut!«

Den Rest der Fahrt schwiegen wir. Dieses Geschreie strengte zu sehr an. Juan musste sich außerdem konzentrieren. Ich beobachtete die Wellen. Sie waren höher als bei unserer Hinfahrt. Gischt klatschte mit voller Kraft gegen die Seite des Boots und in den vorderen Reihen spritzte es die Leute nass. Trotz der provisorisch angebrachten Plane. Ich schwelgte in Gedanken an Aurelio und unsere gemeinsame Zukunft.

Auf Flores verabschiedete ich mich von Juan. »Es war schön, dich wiederzusehen. Danke für alles.« Ich schenkte ihm ein Lächeln.

»Das finde ich auch.« Er umarmte mich. »Ich hoffe, du und Aurelio besucht mich mal wieder auf den Inseln.«

Wir lösten uns aus der Umarmung. Juan hielt mir einen Flyer hin. »Hier. Das sind unsere kommenden Auftritte mit der Band. Vielleicht schafft ihr es ja mal.«

»Das wäre schön.«

»Du kannst auch ruhig eine Freundin mitbringen«, sagte er mit einem Zwinkern. »Ich bin noch Single.«

Sitzplatz 17A. Ich ließ mich in den Sitz fallen. Draußen vor dem Fenster erkannte ich Häuschen, dahinter das Meer. Grautöne erstickten jegliche Farbe an diesem Tag.

»Ne, oder?«, ertönte es neben mir.

Ich drehte mich zur Seite. Amelie stand mit gefurchter Stirn im Mittelgang des Flugzeugs. Sie schnaubte, schob ihr Handgepäck ins Fach über meinem Kopf und setzte sich neben mich. »Hi.«

»Hallo«, quetschte ich heraus. Mein Mund war schlagartig staubtrocken. »Das ist aber ein Zufall.«

»Finde ich auch.« Sie schnallte sich an und drehte den Kopf zur Seite weg.

Na toll. Blieb mir denn nichts erspart?

Das Flugzeug füllte sich, alle nahmen ihre Plätze ein, eine Stewardess erklärte wie üblich die Sicherheitsvorschriften.

Zehn Minuten später hoben wir ab. Ich blickte ein letztes Mal auf die Steilküste von Flores. Ein beeindruckendes Naturschauspiel, auch von oben aus. Nicht weit entfernt lag Corvo. Das Flugzeug stieg höher. Wir tauchten in die Wolkensuppe ein, von nun an sah ich nichts mehr.

Amelie saß stocksteif neben mir. Sie gab vor, zu lesen, doch ich bemerkte, dass sie nie weiterblätterte. Oder schlief sie? Ich schaute zu ihr. Nein, sie war wach. Unsere Blicke trafen sich für eine Millisekunde. Schnell drehte ich mich wieder zum Fenster. Was für ein Kindertheater. Ich atmete tief durch. »Amelie?«

Sie räusperte sich. »Ja?«

»Es tut mir leid«, wiederholte ich meine Worte von gestern. Ich traute mich nicht, sie anzusehen.

»Das hast du bereits erwähnt.« Sie klappte ihr Buch zu.

»Ich weiß.« Was sollte ich sagen? Es gab keine Entschuldigung dafür, seine Freundin zu beklauen. »Ich kann nachvollziehen, dass du mir nicht verzeihen kannst.«

»Ach, Romy ...« Die Pause dauerte ewig. »Ich kann das sogar verstehen. Du dachtest, es wäre die einzige Lösung, deine Karriere zu retten. Da war dir jedes Mittel recht. Hinzu kommt, dass dieser uralte und unausgesprochene Konflikt zwischen uns hochgekocht ist.«

Ich war perplex. Schweigend lauschte ich ihren Worten. Wohin würde dieses Gespräch führen?

»Trotzdem«, ihre Stimme verhärtete sich. »Das kann ich dir beim besten Willen nicht verzeihen. Es zerstört das letzte Bisschen, das übrig war.«

Mit zusammengepressten Lippen schaute ich sie seitlich an. Sie sah traurig aus. Ihre Haare hingen strähnig aus dem Zopf hervor, ihre Gesichtsfarbe wirkte ungesund. Es ging ihr vielleicht schon länger nicht gut.

»Ich hatte ehrlich gedacht, du wärst für mich auf die Azoren gekommen. Für unsere Freundschaft. Um zu reaktivieren, was in Scherben lag. Dabei hat mir mein Bauchgefühl von Anfang an gesagt, dass es nicht der wahre Grund sein konnte. Es tut verdammt weh, herauszufinden, dass mein Gefühl sich nicht getäuscht hat.«

Mein Magen rumorte. Diesen Schmerz, zu erfahren, dass die Freundin einen verarscht hatte, kannte ich nur zu gut. Da musste sie mir keine Predigt halten. Ein saures Brennen kroch meine Speiseröhre hoch.

»Und dann klaust du auch noch mein Notizbuch. Was soll ich sagen? Hier endet mein Verständnis.«

»Ich sehe zu hundert Prozent ein, dass ich mich falsch verhalten habe«, sagte ich. »Leider kann ich es nicht rückgängig machen. Aber so ein Unschuldslamm, wie du dich gerade präsentierst, bist du auch nicht.«

Die Stewardess schob einen Wagen durch den Gang und verteilte Getränke. Wir bestellten nichts.

Bevor sie protestieren konnte, fragte ich. »Warum hast du das damals getan? Mich so verarscht? Du weißt, dass deshalb mein Freund abgehauen ist?«

Sie sah mich an, als wäre ich ihr absichtlich auf die Zehen getreten. »Das ist doch schon ewig her.«

»Ich kann es trotzdem nicht vergessen. Du sprichst von Freundschaft reaktivieren und so. Dabei warst du diejenige, die mich damals angeschmiert hat. Warum hast du das getan? Es war der Anfang vom Ende unserer Verbindung.«

Sie seufzte, schaute auf ihre Füße. Es dauerte eine Zeit, bis sie mich wieder ansah. »Weil ich eifersüchtig war.« Sie schwieg einen Moment. »Jetzt kann ich es ja zugeben. Du hattest einen konkreten Traum, eine Mom, die dich unterstützte, dein Weg war quasi vorgezeichnet. Du warst immer die Coole.«

»Was? Das stimmt doch gar nicht.«

»Natürlich! Ich war nur das Beiwerk. Das Anhängsel. Dein Schatten.« Sie räusperte sich. »Bis ich mit den Videos angefangen habe. Da war ich plötzlich keine Verliererin mehr.«

»Nein, aber du warst gemein. Nicht nur zu mir.«

»Stimmt. Nur sind die freundlichen Menschen oft die, die verarscht werden. Endlich hatte ich es in der Hand. Und einmal konnte ich dir den Spiegel vorhalten, wie ich mich zuvor immer gefühlt habe.«

»Findest du das etwa immer noch gerechtfertigt?«

»Nein. Mir tat es auch irgendwie leid. Aber zuvor war ich die, die keiner ernst nimmt. Die, die nicht so hübsch ist. Die, die ausgelacht wird für ihre Ideen.

Ich wusste nicht, was ich antworten sollte.

Sie fuhr fort. »Das hast du halt nicht mitbekommen, wie es mir ging. Wenn man fünfzehn ist, ist das Leben hart. Fressen, oder gefressen werden. Bin ich froh, dass das alles hinter mir liegt.«

Ich lauschte ihrer unfiltrierten Wahrheit. »Die Schulzeit ist wohl für niemanden leicht ...«

»Hör zu, ich wollte nicht, dass es so krass wird. Ich wollte dir einen Streich spielen, dich auch mal kurz blöd hinstellen, aber nicht mehr. Es tut mir leid. Und dein damaliger Typ war ein Arsch.«

»Ja, das war er.« Ich zog den Mund schief. »Wir hätten früher darüber sprechen sollen.«

»Vielleicht«, sagte sie und schaute an mir vorbei zum Flugzeugfenster hinaus. »Ich hatte keine Ahnung, dass dich das so verfolgt hat.«

»Na ja«, stammelte ich vor mich hin.

»Möglich, dass Schulfreundschaften keine echten Freundschaften sind.«

Ich dachte eine Weile über ihre Worte nach und betrachtete sie. Amelie wirkte verdammt traurig. Ich musste erst einmal verdauen, was sie mir erzählt hatte. Doch eine zweite Chance für meine Fragen würde ich vielleicht nicht mehr bekommen. »Ich habe nie verstanden, warum du auf die Azoren ausgewandert bist. Wir hatten ja nicht mehr viel Kontakt und so... Wie geht es dir hier, Amelie?«

Sie furchte die Augenbrauen.

»Ich meine, dich das zu fragen, kam leider zu kurz. Bei all dem, was vorgefallen ist. Und wahrscheinlich bin ich die letzte, mit der du sprechen willst, aber du wirkst so verändert auf mich.«

Sie antwortete nicht sofort. »Das stimmt, eigentlich will ich nicht mit dir darüber reden ...«. Sie knickte eine Ecke des Bucheinbands auf ihrem Schoß hin und her. »Aber du hast recht. Bei mir läuft nicht alles rund.«

»Wie meinst du das?«

»Nicht nur du hast ab und an Probleme im Job. Anfangs lief es hier auf den Azoren sehr gut. Ich bekam weiterhin gute Aufträge und bin einfach viel gereist. Eben dorthin, wo ich gebraucht wurde. In letzter Zeit herrschte Flaute. Drehs, wie mit den Musikern auf Corvo?«

»Hm?«

»Die bringen ja kaum Geld. Die haben ja selbst keine Kohle. Aber hängen lassen wollte ich mich auch nicht. Der Dreh hat Spaß gemacht, doch davon kann niemand Leben.«

»Wieso bist du überhaupt auf die Azoren?«

»Die Liebe?«

»Ernsthaft?«

»Ja, ich hatte mich verliebt ...« Sie seufzte. »Leider hat es nicht gehalten.«

»Trotzdem bist du hiergeblieben? Alleine?«

»Die Inseln haben mir gefallen. Ein bisschen einsam ist es jetzt schon.«

Ich hakte nicht nach. Sie musste selber wissen, ob sie sich von der Welt abkapseln wollte oder nicht. Sie war keine fünfzehn mehr, sondern erwachsen. Das galt gleichermaßen für mich. Glücklich wirkte sie mit ihrem Lebensstil jedenfalls nicht.

Amelie plauderte von sich aus weiter. »Ab nächster Woche habe ich wieder einen größeren Auftrag. Der bringt richtig Geld und ist hoffentlich das Ende meines kleinen Tiefpunkts.«

»Klingt gut.«

»Hm. Ja.« Sie nickte. Sie ließ die Ecke des Einbands los, der jetzt ein fieses Eselsohr aufwies. »Was ist das eigentlich für ein Typ, mit dem du am Boot gesprochen hast?«

»Du meinst Juan?«

»Der Bootsführer.«

»Ja, das ist Juan. Was ist mit ihm?«

»Kennst du ihn näher?«

»Ähm. Er ist ein Freund von Aurelio. Ich habe ihn mit seiner Band auf Flores kennengelernt.«

»Er ist Musiker?« Sie klang angetan. »Er sieht ja nicht schlecht aus.«

Ich zog meine Handtasche vom Fußraum hoch und kramte Juans Flyer heraus. Ich fotografierte ihn mit dem Handy ab. »Hier.« Ich reichte den Zettel Amelie.

»Was ist das?«

»Das sind die Termine, wann Juan mit seiner Band auftritt und auf welchen Inseln. Hier! Auf São Miguel spielen sie in zwei Wochen.«

»Danke dir.«

Ich nickte.

Der Pilot verkündete über die Sprecheinrichtung, dass die Landung in Kürze bevorstand. Ich atmete tief durch. Zum Glück! Ich wollte endlich raus aus diesem Flugzeug.

Die restliche Zeit bis zur Ankunft schwiegen wir. Amelie las erneut in ihrem Buch - oder tat zumindest so, keine Ahnung, ich schaute versonnen aus dem Fenster, wo Wolkenschwaden vorbeisausten und sich langsam lichteten. Mir schien, als hingen wir beide unseren eigenen Gedanken und Zukunftsplänen nach. Unsere Lebenswelten und -wege würden sich wohl nicht mehr kreuzen.

Bei der Gepäckausgabe sah ich sie ein letztes Mal. Sie stand einige Meter entfernt, hievte ihren Rollkoffer vom Band und stolzierte, ohne mich eines weiteren Blickes zu würdigen, aus der Halle hinaus. Ich konnte nicht erklären warum, aber es fühlte sich plötzlich so an, als fielen Felssteine von meinen Schultern. Endlich entspannte ich mich wieder.

Mein eigener Koffer ließ auf sich warten. Ich kramte mein Handy heraus, schaltete es ein und eine Nachricht von Aurelio erschien auf dem Display. Mein Herz pochte direkt einen Takt schneller.

»Ich vermisse dich, Amorzinho! Ich bin gut auf Terceira angekommen und stecke auch schon mittendrin in der Arbeit. Die heiße Spur entpuppt sich gerade als Jackpot. Ich wünsche dir eine gute Heimreise. Beeil dich mit deinen Erledigungen und buche so schnell wie möglich einen Flug nach Lissabon. Ich werde dort auf dich warten.
Viele Küsse!«

Kapitel 9

Ein Neuanfang
Acht Wochen danach

Aurelio begrüßte mich mit einem Kuss. »Wie lief dein Vorsprechen?«

»Ich glaube, ganz gut.«

Er setzte sich in den freien Stuhl neben mir.

»Hast du Hunger?« Ich reichte ihm die Menükarte des Cafés. »Immer noch unfassbar, dass ich hier bin. In Lissabon. Mit dir!«

Er nahm meine Hand und drückte sie fest, ehe er sich die Karte genauer ansah.

Die Entscheidung war schnell gefallen. Das Glück hatte mir die Hand hingehalten, und ich griff zu. Ich war in Aurelios Wohnung eingezogen, belegte einen Portugiesisch-Kurs und suchte einen Job als Schauspielerin. Von Amelie hatte ich seit unserem letzten Zusammentreffen nichts mehr gehört, genauso wenig von Tomy Ashthorn. Das war Geschichte.

»Bestimmt gefällt dir das Theater.« Aurelio klappte die Karte zu. »Und wer weiß, was sich noch alles ergeben wird. Die Welt steht dir offen.«

Und du bist an meiner Seite.

Er hatte recht. Es war Quatsch gewesen, meine Leidenschaft aufzugeben. Ich war jung und talentiert, und das Schauspielern machte mir Spaß. Die Ziele und Ansichten meiner Mutter hatten sicherlich eine Begründung, doch ich ging meinen eigenen Weg.

»Es tut gut, alles ein wenig lockerer angehen zu lassen«, sagte ich. »Der Regisseur war sehr nett. Wir haben erst einmal auf Englisch gesprochen, die Sprache könnte schon noch ein Problem sein.«

»Das lernst du schnell.«

»Ich hoffe es. Falls es nicht klappt, versuche ich es erneut oder woanders. Und ...« Ich lächelte ihn an. »Ich habe eine nette Bekanntschaft gemacht.«

»Ah ja?«

»Eine andere Schauspielerin. Sie war mir gleich sympathisch, sie hat auch vorgesprochen. Wir treffen uns morgen auf einen Kaffee.« Und falls daraus eine Freundschaft wuchs, würde ich sie nicht manipulieren und hintergehen. Zumindest nahm ich mir vor, sie kennenzulernen. Mein moralischer Kompass würde nie einwandfrei funktionieren. Das wollte ich auch gar nicht. Aber ein paar Menschen, denen man vertrauen konnte, an meiner Seite zu wissen, war dennoch wichtig.

»Ich habe ebenfalls gute Nachrichten«, sagte Aurelio. »Die Typen, die ich auf Terceira festgesetzt habe, werden offiziell angeklagt. Es sieht so aus, als hätten wir eine Hauptdrogenroute erwischt.«

»Gratuliere dir!«

»Mein Chef hat mich heute zum Gespräch gebeten und durchklingen lassen, dass ich demnächst mit einer Beförderung rechnen kann.«

»Das ist fantastisch! Herzlichen Glückwunsch!«

Ich lehnte mich ihm entgegen und schenkte ihm einen Kuss.

»Ich liebe dich«, flüsterte er mir ins Ohr.

Ich biss ihm sanft in den Hals, meine Hand wanderte sein Hosenbein nach oben, bis sich am Nebentisch eine Dame empört räusperte. »Ich liebe dich auch«, raunte ich, zog mich auf meinen Platz zurück und genoss das prickelnde Gefühl im Bauch.

»Wir könnten auch direkt nach Hause fahren«, schlug er mit einem Augenzwinkern vor.

Ich hob die Augenbrauen. »Willst du mich in Handschellen abführen, Liebster?«

Ein Moment verging. Rasch legte er Geld für meinen Cappuccino auf den Tisch. »Also gut. Senhora, Sie sind verhaftet. Wenn Sie bitte mitkommen würden.«

»Das war ein Spaß, Aurelio.« Mit hochgezogenen Schultern schaute ich nach links und rechts. Ich spürte, wie ich rot wurde.

»Sie leisten also Widerstand?« Die Handschellen blitzten auf.

»Hattest du die extra vorbereitet? So schnell, wie du die parat hast?« Ich lachte ihn an.

Er schaute gespielt ernst auf mich herab. »Senhora?«

»Ich komme ja schon.« Ich erhob mich langsam. Die Blicke der anderen Cafébesucher brannten auf meiner Haut.

Ihn schien es nicht zu stören. Er drückte sich an mich, nahm mich am Arm und verschränkte ihn mit dem anderen hinter meinem Rücken.

Klack. Klack.

»So. Mitkommen.«

Ich rüttelte an meinen Fesseln. Das konnte doch nicht wahr sein. »Aurelio ... willst du mich etwa so in die Metro schleppen?« Ich lächelte peinlich berührt vor mich hin, während er mich vom Café wegschob. Ein feuriges Prickeln flutete meinen Körper. »Willst du mir etwa nicht einmal meine Rechte vorlesen?«

Eins war mir klar. Mit ihm würde mir niemals langweilig werden.

Nachwort

Kennst du schon meine GRATIS-Kurzgeschichte?

Jetzt sichern!
www.marihummingbird.de/newsletter

Mit meinem Newsletter erhältst du in regelmäßigen Abständen Infos zu neuen Liebesromanen und Blogartikel.

Wie ist die Geschichte von Romy und Aurelio entstanden?

Es begann mit meiner Reise auf die Azoren im August 2019. Mein Freund brachte mich auf die Idee, denn bis dato hatte ich diese rauen Inseln im Atlantik noch gar nicht auf dem Schirm. Wir flogen kurzerhand hin. Ich war sofort beeindruckt von diesen Vulkaninseln. Dass es dort alle Jahreszeiten an einem Tag geben kann, macht ihren einzigartigen Charme erst aus. Die Hortensien in Blau und Rosa, die fast jede Straße säumen. Grüne Weiden und das

Meer am Horizont. Ein Traum für Naturliebhaber, Wanderer und auch Taucher.

Der Schauplatz für mein nächstes Schreibprojekt stand damit fest.

Dann - eines Abends im Halbschlaf - hatte ich eine »Was-wäre-wenn- Erfahrung«. Was wäre, wenn eine Frau ihre Freundin besucht, doch anstatt dieser, einen sexy Polizisten vorfinden würde? Was, wenn jener Polizist sie einer Straftat verdächtigen würde? Was, wenn die Hauptdarstellerin auch noch saufrech wäre und sich verlieben würde ...?

Ich schrieb einen genauen Handlungsplan, arbeitete Figuren aus, fing an, die Geschichte zu schreiben. Dabei entwickelte ich so viel Fernweh, dass ich gleich wieder auf die Azoren fliegen wollte. Ich buchte direkt ein Flugticket. Im August 2022 war es so weit. Ich besuchte andere Inseln als 2019. Genügend Auswahl gibt es ja. Und einmal mehr war es bezaubernd. Die Inseln sind sehr verschieden, stellte ich fest. Nicht nur landschaftlich, auch was die Kultur angeht. Ich recherchierte viel und verknüpfte mein Wissen mit meinem Kurzroman.

Entstanden ist eine Geschichte, die um einiges sexier ist, als ich es gewohnt bin zu schreiben. Doch die Art passte einfach zu Romy. Sie ist frech, laut und mutig und so wollte ich auch meine Geschichte verfassen. Couragiert genug, meinem Gefühl freien Lauf zu lassen, dass hier mehr Erotik angebracht sein kann.

Ich hoffe, dass dich meine Geschichte beim Lesen berührt hat. Die Landschaft der Azoren, die Gefühlswelt von Romy und Aurelio, inklusive der prickelnden Szenen zwischen ihnen.

Schenke mir eine Rezension!

Wenn dir der Kurzroman gefallen hat, würde ich mich riesig über eine **Rezension** von dir freuen! Diese Bewertungen helfen Autor*innen im Selfpublishing enorm weiter und falls du mich damit unterstützen möchtest, wäre ich dir sehr dankbar. Das geht zum Beispiel hier:

- **Amazon:** *www.amazon.de*
- LovelyBooks: *www.lovelybooks.de*

Du hast einen Verbesserungsvorschlag für meinen Roman?

Schreibe mir gerne eine Mail:
reiseromane@marihummingbird.de

Falls dir etwas nicht gefallen hat, oder wenn du eine Frage hast, kontaktiere mich gerne!

Kennst du schon meinen ersten Reiseroman?

Franzi bucht einen Flug nach Athen und will ihren Surfunfall verarbeiten. Freundin Halina plant eine Reise nach Kambodscha, auf der Suche nach neuen Yoga-Weisheiten. Und Robin jagt seinem persönlichen Abenteuertraum in Georgien hinterher.

Ein Reiseroman über die Liebe, Freundschaft und die Frage, ob eine Reise helfen kann, die eigenen Träume zu entdecken. Eine Selbstfindungsreise der vielfältigsten Art.

Leser*innenstimmen:

„Bunt wie das Leben, ehrlich und authentisch."

„Die Reiseziele sind so exakt beschrieben, dass man glaubt, man sieht eine Reisedoku auf 3sat."

Jetzt bestellen: www.marihummingbird.de

Übrigens ...

Auf meiner Homepage findest du Anregungen zu den Reiseländern, Schauplätzen sowie Ideen für Reiserouten, Tipps und Hintergrundinformationen.

Falls du mit mir über die sozialen Medien in Kontakt bleiben möchtest, dann freue ich mich, dich auf Facebook oder Instagram begrüßen zu dürfen. Du findest mich hier:
https://www.instagram.com/mari_hummingbird_reiseromane/
https://www.facebook.com/marihummingbird

Wenn du dich selbst auf die Reise begibst, wünsche ich dir viel Spaß und aufregende Momente dabei, die dein Leben bereichern mögen.

Liebe Grüße,

deine
Mari Hummingbird

Über die Autorin

Bis sie fünfzehn war, hoffte Mari auf einen Brief aus Hogwarts. Als der nie eintraf, entschied sie sich für eine Ausbildung zur Krankenpflegerin. Später studierte sie Pflegepädagogik und unterrichtet heute an einer Pflegeschule in München. Im Februar 2022 erschien ihr erster Roman »Träume fliegen mit dem Wind«. Mari liebt die Perspektive von oben, die Freiheit als Gleitschirmfliegerin. Alleine, oder zusammen mit ihrem Partner, erkundet sie die Welt. Zu Fuß, per Fahrrad, mit dem Wohnmobil oder mit dem Paragleiter. Ihre zweite Heimat ist Südamerika, vor allem Argentinien und Ecuador.
https://marihummingbird.de/ueber-mich/